Bad Boy Christmas

Wunder geschehen zu Weihnachten

Ilka Hauck

Ilka Hauck
c/o BJ-Autorenservice.de
Gildehauser Weg 140a
48529 Nordhorn

Facebook: https://www.facebook.com/pages/Ilka-Hauck-Autorin/284441428388038

Covergestaltung: Sabrina Dahlenburg, www.art-for-your-book.weebly.com
Korrektorat: S.W.Korrekturen e.U.
E-Book-Erstellung: Jana Köbel, www.jana-koebel.de

Im Buch vorkommende Personen und Handlung der Geschichte sind frei erfunden und eventuelle Ähnlichkeiten mit lebenden Personen sind zufällig und unbeabsichtigt.

Ich möchte dieses Buch einem ganz besonderen Menschen widmen, der im Moment oft stärker sein muss, als er eigentlich kann. Du wirst wissen, wer gemeint ist, meine Süße.

Dieser Weihnachtsroman ist für dich, denn ich weiß, wie gern du selbst einen geschrieben hättest, doch dieses Jahr hat es nicht sollen sein. Aber im nächsten Jahr, wenn deine Farben wieder bunt sind, wirst du eine wunderbare Geschichte schreiben, da bin ich mir sicher. Und ich freue mich sehr darauf.

Frohe Weihnachten, für dich und alle, denen ich vielleicht mit dieser Geschichte ein Lächeln ins Gesicht und einen Farbklecks ins Herz zaubern kann.

Deine und eure Ilka

Kapitel 1

Julian

FLUCHEND FAHRE ICH AN DEN STRAßENRAND, STEIGE von meiner Maschine und zerre mir den Helm vom Kopf. Was soll die Scheiße denn jetzt? Seit einigen Kilometern merke ich, dass etwas nicht stimmt. Die Lenkung blockiert, der Motor läuft nicht rund und das ist so was von gar nicht gut. Ich lege den Helm neben mich und werfe einen skeptischen Blick zum Himmel. Wenn ich nicht zusehe, dass ich von hier verschwinde, lande ich direkt in einem dicken Schneesturm, so wie das aussieht. Und ehrlich, ich könnte mir Besseres vorstellen, als zwei Tage vor Weihnachten in der Pampa von Minnesota zu erfrieren.

„Verfickte Scheiße", fluche ich lautstark und hätte gute Lust, gegen mein heiß geliebtes Motorrad zu treten. Warum habe ich mich bloß auf diesen Mist eingelassen? Weihnachten im Kreis der Familie. Bloß weil mein Schwesterherz sich in diesen Trottel vom Land verknallt hat und seitdem einen auf glücklich verliebt macht, muss ich doch da nicht mitziehen. Ich ziehe die Handschuhe aus, gehe neben der Maschine in die Hocke und versuche, herauszufinden, warum mein Baby heute so schlechte Laune hat. Vielleicht habe ich sie ja angesteckt?

„Komm schon, Kleine, was ist los? Lass mich nicht hängen, ja? Nicht heute."

Mein schmeichelnder Ton lässt die grün-schwarze Ninja offenbar kalt, denn sie schaut weiterhin zickig in die andere Richtung. Weiber.

Nachdem ich einiges ausprobiert habe und den Fehler nicht finden kann, wird meine Laune zusehends schlechter. Ich kann hier keine Wurzeln schlagen, habe noch ungefähr eine Stunde Fahrzeit vor mir und das Wetter wird nicht besser.

„Scheiß drauf, wird schon gehen. Du zickst jetzt nicht herum, klar? Oder du landest auf dem Schrottplatz."

Ich ziehe mir den Helm über den Kopf, streife die Handschuhe über und steige auf die Maschine. Die kapriziöse Lady unter mir juckt meine Drohung nicht, denn sie weiß genau, dass ich bluffe. Ich würde mein Baby niemals hergeben, eher würde ich meinen letzten Dollar in ihre Reparatur stecken und mit trockenem Brot unter der Brücke hausen. Ich starte den Motor und fahre vorsichtig an. Die Straße, die zwischen kahlen Bäumen und gefrorenem Gras entlangführt, ist leer, kein Mensch ist so blöd, bei dem anstehenden Sturm in der Gegend herumzufahren. Nur ich. Danke, Maddison. Ich knurre leise, während ich die Maschine auf die Straße zurücklenke. Was gäbe ich jetzt dafür, zu Hause in meinem Appartement zu sein. Weihnachten einfach ausfallen zu lassen. Wer braucht den kitschigen Scheiß schon? Ich definitiv nicht. Ich könnte mir bei Jack ein neues Tattoo stechen lassen, das wäre mein Geschenk an mich selbst. Und danach Tür zu, Rollläden runter und aus. Ein Sixpack, ein paar Ballerfilme, Pizza vom Lieferservice. Perfekte Weihnachten. Aber nein, ich befinde mich am Arsch der Welt, auf dem Weg zu meiner Schwester und ihrer neuen Sippe, um das Fest der Liebe zu zelebrieren. Und ja, ich hätte auch mit dem Auto meines besten Freundes Jon fahren können, das wäre vermutlich vernünftiger gewesen. Aber rein schon, um Maddy zu ärgern, fahre ich mit der Ninja. Was ich jetzt davon habe, sehe ich gerade. Fuck.

Ich fahre langsam und vorsichtig und das Baby unter mir läuft geschmeidiger als vorhin. Vielleicht hält sie doch durch, bis ich in Maddisons neuem Heimatkaff ankomme. Ob es dort eine Werkstatt gibt, die sich mit Motorrädern auskennt, wage ich allerdings zu bezweifeln. Im Geiste sehe ich schon die Hillbillys hinter den Fensterscheiben hocken und mit der Flinte auf mich zielen. Ich muss grinsen, beschleunige ein wenig, und dann passiert es. Es fühlt sich an, als würde plötzlich jemand anderes die Maschine lenken, sie reagiert auf nichts mehr, und bevor ich mir irgendeinen schlauen

Plan einfallen lassen kann, dreht sich alles, ich weiß nicht mehr, wo oben und unten ist und dann … aus. Dunkel.

Kapitel 2

Valerie

DEPRIMIERT STARRE ICH AUS DEM FENSTER DES kleinen Diners hinaus in den trüben Tag, während ich an meinem Kaffee nippe. Das Wetter ist in etwa so grau wie meine Stimmung, was so gar nicht zu mir passt. Besonders nicht um diese Jahreszeit, drei Tage vor Weihnachten. Ich liebe Weihnachten. Schon als kleines Mädchen war ich verrückt nach allem, was damit zu tun hat. Und auf dieses Weihnachtsfest habe ich mich ganz besonders gefreut. Endlich habe ich meinen Abschluss in der Tasche und einen tollen Job in einer Kita in der nahegelegenen Kleinstadt. Und ich dachte, ich hätte eine glückliche Beziehung. Okay, Jeff und ich waren erst seit zwei Monaten zusammen, trotzdem bin ich davon ausgegangen, er meint es ernst mit mir. Was sich als Trugschluss herausgestellt hat, denn vorgestern hat er mich abserviert. Einfach so, per SMS. Ich nehme einen Schluck des leicht bitter schmeckenden Kaffees. Und nun werde ich mit meiner gesamten Familie Weihnachten feiern. Das Weihnachten, an dem sie meinen Freund kennenlernen wollten. Sie werden mich bemitleiden, und Mom wird ihren sorgenvollen Blick bekommen, während Oma scharfzüngig darüber schwadronieren wird, dass alle Männer Schweine sind, woraufhin sie in einen Streit mit Opa gerät. Mein Vater wird gar nichts dazu sagen und sich hinter einem Buch oder der Zeitung vergraben. Mein fünfzehnjähriger Bruder Luke wird genervt mit den Augen rollen, weil er diesen „Liebesscheiß" einfach bescheuert findet. Aber am schlimmsten wird meine Schwester Lindsay sein. Sie ist mit ihren einunddreißig Jahren neun Jahre älter als ich, glücklich verheiratet und Mutter zweier bezaubernder Kinder. Seit ich denken kann, bewacht sie mich wie eine Glucke, und seitdem ich die Highschool beendet habe, versucht sie, mich mit irgendwelchen Singletypen aus ihrem Freundeskreis zu verkuppeln. Wenn sie hört, dass Jeff mich sitzen gelassen hat, wird sie auf ihn schimpfen, mich trösten, mit Weihnachtsplätzchen vollstopfen und dann jemanden anrufen, der zufälligerweise über die Feiertage allein zu Hause ist und weil man das doch unmöglich zulassen kann. Dieser Jemand wird ungefähr Anfang dreißig und männlich sein. Er und ich werden nebeneinander am Tisch sitzen und vor Verlegenheit nicht wissen, wo wir hinschauen sollen, weil Lindsay bei solchen Dingen ungefähr so subtil vorgeht wie ein Trampeltier im Porzellanladen. Dass die meisten ihrer

Bekannten fast zehn Jahre älter sind als ich, stört sie nicht. Sie findet, der Mann darf ruhig erfahrener und reifer sein als die Frau. Meine Meinung dazu interessiert sie nur am Rande. Ich habe nichts gegen etwas ältere Männer, ich habe etwas dagegen, von meiner Schwester wie eine treudoofe Kuh verschachert zu werden.

Seufzend stelle ich die Tasse ab. Ich werde ihnen klarmachen müssen, dass das mit Jeff sowieso nichts Ernstes war und es mir nichts ausmacht, dass er weg ist. Das stimmt zwar so ganz nicht, aber ich werde den Teufel tun und mir meinen Kummer anmerken lassen. Vor allen Dingen - ich bin zweiundzwanzig Jahre alt, ich muss mir doch nicht von meiner Familie das Gefühl geben lassen, ich sei eine vertrocknete alte Jungfer, nur weil ich keinen festen Freund habe.

Ich könnte auch einfach umdrehen und wieder nach Hause fahren in die süße kleine Wohnung, die ich seit Kurzem mein Eigen nennen darf. Nun ja, gemietet eben. Ja, das könnte ich. Doch will ich das? Nein, ehrlich gesagt nicht. Ich liebe meine verrückte Familie und sie lieben mich. Und auch wenn unser Weihnachten nie nur friedlich und besinnlich ist, ist es immer voller Wärme, Lachen und Herzlichkeit. Und das lasse ich mir nicht kaputtmachen, nur weil Jeff ein idiotischer Arsch ist.

Ich lege das Geld für meinen Kaffee auf den Tisch, schlüpfe in meine dicke Daunenjacke und winke Pete, der hinter dem Tresen steht, zu. Er winkt zurück und ruft:

„Frohe Weihnachten, Val. Grüß mir deinen Dad. Er soll sich nach den Feiertagen mal blicken lassen."

„Mach ich. Dir auch frohe Weihnachten, Pete."

Ich trete auf die Straße, ziehe meine Beaniemütze über den Kopf und schlage den Kragen meiner Jacke hoch. Es ist kalt und dicke graue Wolken ziehen am Himmel. Es wird schneien. Die Winter hier in Minnesota sind kalt und schneereich. Dass es bisher noch kaum geschneit hat, ist verwunderlich. Langsam stapfe ich hinüber zu meinem alten Toyota und lasse mich schnaufend auf den Sitz fallen. Ich umfasse das Lenkrad mit beiden Händen und starre noch einen Moment durch die Windschutzscheibe hinaus in den trüben Tag. Aber es hilft alles nichts, ich kann hier weiterhin auf dem Parkplatz verharren oder mich auf den Weg zu meinen Eltern machen. Seufzend stecke ich den Schlüssel ins Schloss und starte den Motor.

Auf der zwanzigminütigen Fahrt zur Ranch meiner Eltern drehe ich das Radio auf volle Lautstärke. Mariah Carey schmettert „All I want for Christmas is you" und ich singe lauthals mit. Meine Gedanken schweifen zu Jeff. Wir haben uns zufällig im Supermarkt kennengelernt, wo wir beide die letzte Packung Orangeneis kaufen wollten. Es war eine limitierte Sommeredition und würde somit nicht mehr nachgeliefert werden. Während meiner Prüfungsphase habe ich dieses Eis regelrecht in mich hineingeschaufelt, und es gab Tage, da konnte ich sonst fast nichts essen, so gestresst war ich wegen der ganzen Lernerei. Wir streckten beide gleichzeitig die Hand nach der Packung aus und sahen uns erschrocken an, als unsere Fingerspitzen sich berührten. Durch und durch ein Gentleman hat Jeff mir das Eis überlassen, und ich fand ihn hinreißend mit den blonden, modisch gestylten Haaren, dem zurückhaltenden Lächeln und der zuvorkommenden Art. Wir haben uns quasi Hals über Kopf verliebt und ja, ebenso rasant hat er sich auch wieder entliebt. Und mir gleich gezeigt, wie zuvorkommend er wirklich ist.

„Arsch. Blöder, egoistischer Arsch“, zische ich.

Ich merke, wie eine Ader an meiner Schläfe pocht, und Mariahs Song klingt plötzlich nicht mehr ganz so fröhlich. Ob ich es zugeben will oder nicht, es tut weh, so abserviert zu werden. Per SMS und in zwei Sätzen hat Jeff mir mitgeteilt, dass er es schön fand mit mir, er aber seiner Exfreundin noch eine Chance geben wolle. Immerhin sei sie seine große Liebe gewesen. Wütend wische ich mir über die Augen und blinzele.

„Arsch“, wiederhole ich und schniefe leise. Es ist inzwischen fast dunkel geworden, die Bäume links und rechts der Straße wirken wie stille Beobachter. Als Kind habe ich mich manchmal gegruselt, wenn wir spätabends hier entlanggefahren sind. Auch heute beschleicht mich ein leicht mulmiges Gefühl, denn außer mir ist kaum ein Fahrzeug unterwegs. Es hat inzwischen angefangen zu schneien, und vermutlich wird es nicht lange dauern, bis der Schnee zentimeterhoch liegen wird. Ich blinzele wieder und fluche. Da sitze ich nun und heule. Wegen eines Idioten, der das überhaupt nicht verdient hat. Mit einer Hand halte ich das Steuer, mit der anderen taste ich an meiner Jacke herum, versuche, ein Papiertaschentuch aus der Seitentasche zu ziehen.

„Ach, Mist."

Natürlich habe ich mal wieder keines eingesteckt, und ich höre die mahnende Stimme meiner Mutter, die mir rät, nie ohne Taschentuch aus dem Haus zu gehen. Leise schimpfend beuge ich mich vor und öffne das Handschuhfach. Dort müsste noch ein Päckchen liegen. Ah, da ist es. Ich ergreife es, richte mich auf und schreie erschrocken auf. Vor mir steht jemand mitten auf der Fahrbahn. Ich trete voll auf die Bremse, die empört aufkreischt. Der Wagen schlingert leicht, und ich fühle, wie mein Herz vor Panik beinahe aus der Brust hüpft. Verdammte Scheiße! Endlich hält der Wagen und ich hocke zitternd hinter dem Steuer. Mein Mund steht offen und ich starre einen Moment einfach blicklos vor mich hin. Dann jedoch reiße ich mich zusammen und atme tief durch. Ich kneife die Augen zusammen, um besser sehen zu können, schalte den Warnblinker ein und taste zögernd nach dem Türgriff. Das wird doch keine Falle sein? So mitten in dieser einsamen Gegend? Etwas mulmig ist mir schon, doch ich kann auch nicht einfach weiterfahren. Die Gestalt steht immer noch da, jetzt schwankt sie leicht und ich vergesse meine Angst. Ich reiße die Tür auf und stolpere nach draußen.

„Hallo? Ist alles okay?“, stoße ich hervor, während ich die Person da vor mir anschaue. Es ist ein Motorradfahrer, komplett in eine schwarz-rote Lederkombi gekleidet. Auf dem Kopf trägt er noch den Helm und neben ihm am Rand der Straße liegt eine Maschine.

„Sind Sie verletzt? Hallo?“, wiederhole ich und komme mir dabei etwas dämlich vor. Wir starren uns gegenseitig an, dann plötzlich kommt Bewegung in die hochgewachsene, schlanke Gestalt. Sie hebt die Arme und zerrt sich mit einer wütenden Bewegung den Helm vom Kopf. Dunkelbraune, verstrubbelte Haare kommen zum Vorschein. Grüne Augen, die mich zornig anblitzen. Ein verdammt hübsches Gesicht, wie ich trotz der irritierenden Lage feststellen muss. Ein sinnlicher Mund, sexy Bartschatten auf einem markanten Kinn. Ich starre durch die tanzenden Schneeflocken hindurch auf den Typen, der da vor mir steht und so ziemlich das heißeste männliche Wesen ist, das mir je begegnet ist. Vielleicht ist er ja so eine Art Engel, der vom Himmel gefallen ist? Ein Weihnachtsengel, extra für mich? Beinahe hätte ich gekichert, reiße mich aber ob seiner wütenden Miene und des Unfalls, den er offensichtlich hatte, zusammen. Was ist bloß los mit mir? Sicher der Schock.

Der Hottie kneift die Augen zusammen, und für einen Moment befürchte ich, er pfeffert den Helm direkt auf die Straße, so sauer sieht er aus. Stattdessen blafft er mich an: „Sonst geht's dir aber gut, was? Du hättest mich um ein Haar über den Haufen gefahren. Kannst du nicht aufpassen? Du bist gerast wie eine wild gewordene Sau.“

Für einen Moment verliere ich mich noch in den wunderschönen grünen Augen, die wie Smaragde funkeln. Einfach wunderbar. Ich blinzele. Wie hat der mich gerade genannt? Wild gewordene Sau? Ich schüttele den Kopf, um die verträumte Miene vom Gesicht zu kriegen.

„Wie bitte?“, frage ich einfältig. Die grünen Augen, dieser Mund und das sexy Wuschelhaar lassen mich noch nicht ganz los.

„Hallo? Jemand zu Hause? Hast du was eingeworfen? Gesoffen? Was stimmt nicht mit dir?“

Eine schöne Stimme hat er auch. Etwas rau, tief, männlich. Ich räuspere mich.

„Was?“

Der sexy Weihnachtsengel sieht inzwischen aus, als wäre er kurz vorm Explodieren, und ich reiße mich zusammen. Ich rolle kurz mit den Schultern und streiche mir eine widerspenstige Strähne aus dem Gesicht, die sich aus der Mütze gemogelt hat. Allmählich lichtet sich der rosa Nebel in meinem Gehirn und ich sage: „Ich habe weder etwas eingeworfen noch gesoffen, wie du es so nett formulierst. Und ich bin auch keine wild gewordene Sau.“

Der Typ kneift die Augen zusammen.

„Sicher?“

Ich merke, wie in meinem Bauch etwas anfängt zu brodeln. Was fällt dem denn ein? So schön kann einer gar nicht sein, dass er so mit mir reden kann. Zu allem Elend muss ich an Jeff und seine üble Abfuhr denken und meine Laune macht einen mächtigen Satz in Richtung tiefstes Kellergeschoss.

„Völlig sicher. Was stehst du auch so dämlich in der Dämmerung mitten auf der Straße herum? Du kannst froh sein, dass ich dich nicht plattgefahren habe."

Sein hübsches Gesicht verzieht sich wütend und er macht einen Schritt auf mich zu. Instinktiv möchte ich zurückweichen, immerhin kenne ich den Typen nicht. Wer weiß, wozu der fähig ist. Attraktiv hin oder her. Da ich mir die Blöße jedoch nicht geben will, presse ich die Lippen zusammen und bleibe stur stehen.

„Ich stehe nicht dämlich hier herum, ich hatte einen Unfall. Siehst du das? Hm? Ein Motorrad. Im Graben. Unfall!"

Ich werfe einen Blick auf die Maschine und zucke mit den Schultern.

„Scheint dir nicht viel passiert zu sein, wenn du mich hier so unverschämt anmachen kannst. Zumindest das Mundwerk funktioniert ja noch."

Jetzt sieht er wirklich aus, als würde er mir den Helm am liebsten über den Schädel ziehen.

„Das ist nicht witzig, Schneewittchen. Was soll der Scheiß?"

Zum ersten Mal fällt mir auf, dass er den linken Arm ziemlich eigenartig hält, und ich bekomme ein schlechtes Gewissen. Er hat sich sicher wehgetan. Und ganz unrecht hat er nicht, ich war abgelenkt durch meine Fummelei nach dem Taschentuch. Alles Jeffs Schuld! Aber Moment mal. Schneewittchen?

„Wenn ich Schneewittchen bin, bist du dann einer meiner Zwerge?"

Okay, das war dämlich in Anbetracht dessen, dass der Kerl da vor mir sicher ungefähr eins achtundachtzig groß ist, ich dagegen lächerliche einen Meter sechzig messe. Zu meinem Ärger scheint er ähnliche Gedanken zu hegen, denn sein linker Mundwinkel hebt sich zu einem spöttischen Lächeln.

„Ja, ich bin dein Zwerg, Schneewittchen, genau."

Aus seinem Grinsen wird ein herzhaftes Lachen und ich starre ihn böse an.

„Haha", brumme ich und er schüttelt den Kopf.

„Okay, sorry. Es ist ja nichts passiert. Wollen wir uns vertragen?"

Er lächelt und das Grummeln in meinem Bauch verstärkt sich. Dieses Mal fühlt es sich allerdings gar nicht schlecht an.

„Von mir aus. Warum fährst du überhaupt bei diesem Wetter Motorrad? Kein Mensch ist so bescheuert, in dieser Gegend um die Jahreszeit mit einem Motorrad herumzufahren."

So ganz versöhnt bin ich noch nicht und kann mir diese meiner Meinung nach durchaus berechtigte Frage nicht verkneifen.

Er zuckt mit den Schultern.

„Weil ich Bock hatte, deshalb.“

„Weil du Bock hattest. Das klingt ja mal vernünftig, doch wirklich.“

Er wirft mir einen kühlen Blick zu.

„Vernunft? Willst du mir was über Vernunft erzählen? Vielleicht solltest du erst mal lernen, den Blick auf der Straße zu lassen beim Fahren.“

Ich werde rot und schaue an ihm vorbei. Es schneit inzwischen sehr stark und mir ist kalt.

„Was machen wir denn jetzt? Du kannst ja wohl nicht weiterfahren mit der Maschine.“

Er streicht sich mit einer Hand durch die dunklen Haare, in denen kleine Schneeflocken glitzern.

„Keine Ahnung. Habt ihr hier ein Abschleppunternehmen oder so was? Ich kann meine Kleine doch nicht hier liegen lassen.“

Er klingt jetzt fast ein bisschen verzweifelt und ich muss mir ein Schmunzeln verkneifen. Offenbar hängt er ziemlich an seiner Kleinen.

„Ich kann meinen Vater anrufen, er kann mit dem Trecker und einem Anhänger kommen und wir können die Maschine bei uns unterstellen. Eine Werkstatt oder so was wirst du heute nicht mehr finden. Die nächste ist ein ganz schönes Stück entfernt und da ist jetzt sowieso niemand mehr.“

Er sieht noch einen Moment zu dem Motorrad, wendet sich dann zu mir um.

„Okay. Wenn du das tun könntest, das wäre super. Danke.“

Das klingt etwas widerwillig, aber immerhin.

„Gut, ich ruf ihn an. Ich bin übrigens Valerie."

„Julian."

Ein leichtes Lächeln gleitet über sein Gesicht und ich erwidere es. Das Flattern in meinem Bauch verstärkt sich. Julian. Ich liebe diesen Namen und jetzt heißt ausgerechnet er so. Verrückt. Ich sehe ihn noch einen Moment lang mit klopfendem Herzen an, dann wende ich mich ab und murmele: „Ich ruf dann mal an."

Ich habe meinen Wagen schon fast erreicht, als mir ein Gedanke durch den Kopf schießt. Ich sehe Lindsay. Sehe meine besorgte Mutter. Das Date, das Lindsay für mich ausfindig machen wird. Und ohne zu überlegen, drehe ich mich um und sage: „Dafür schuldest du mir aber was."

Er zieht eine Augenbraue hoch.

„Okay. Woran genau dachtest du? Willst du Geld dafür haben?"

Ich winke ab.

„Ich will kein Geld. Ich will dich."

Gleichzeitig mit den Worten schlage ich mir die Hand vor den Mund und würde am liebsten im Erdboden versinken. Julian sieht mich verdattert an, dann lacht er zu meinem Ärger lauthals los. Was zur Hölle findet er daran so witzig?

„Was? Mich? Du bist ja noch durchgeknallter, als ich dachte. Soll ich mit dir ins Bett steigen, damit dein alter Herr meine Kiste abholt?"

Er lacht und schüttelt dabei den Kopf. Ich kneife wütend

die Augen zusammen. Findet er mich so gruselig, dass er sich das nicht mal vorstellen könnte? Nicht, dass ich in diese Richtung gedacht hätte, aber dass er das zum Brüllen komisch findet, ärgert mich jetzt doch.

„Überschätz dich nicht. Du sollst nicht mit mir ins Bett steigen, keine Sorge. Da würde mir was Besseres einfallen. Du sollst … du sollst meinen Freund spielen. Über Weihnachten."

So, jetzt ist es raus und er wird mich endgültig für verrückt erklären. Er hört auf zu lachen und mustert mich aufmerksam. Unter diesem forschenden Blick werde ich nervös und wippe unsicher auf den Fußballen.

„Du meinst das ernst, was? Was ist passiert, Valerie, hat dein Lover dich kurzfristig abgeschossen? Und nun brauchst du vor Mommy einen Ersatz, um nicht dumm dazustehen?"

Seine Stimme hat einen spöttischen Unterton, und er trifft mit seinen Worten so genau ins Schwarze, dass mir zu meinem Ärger die Tränen in die Augen schießen.

„Das … Nein, so war das nicht. Gar nicht, ich …", stottere ich und merke, wie Julian neben mich tritt. Er hat den Helm inzwischen auf dem Boden abgelegt und legt mir sachte einen Finger unters Kinn. Widerwillig hebe ich den Kopf und sehe ihn an. Er hat Schneeflocken an den Wimpern hängen und er ist wunderschön. Und ich bin die dämlichste Kuh, die auf diesem Planeten herumläuft.

„Ganz genau so war es. Richtig?"

Ich beiße mir auf die Unterlippe, nicke schließlich knapp. Er nimmt seine Hand weg und seufzt.

„Dir ist schon klar, dass du dir damit keinen Gefallen tun wirst? Ich bin kein Vorzeige-Boyfriend. Das kannst du knicken."

„Mir egal. Alles ist besser, als wenn Lindsay mir ein Kuppeldate verschaffen, meine Mutter mich die ganze Zeit bedauern und bemuttern und meine Großmutter über die bösen Kerle schimpfen würde."

Er grinst.

„Gibt's nur Frauen bei euch? Kein Wunder, dass dein Vater lieber im Schneesturm mit dem Trecker herumtuckert, als im trauten Heim zu sitzen."

„Nein. Mein Schwager ist noch da, mein Bruder und mein Opa", nuschele ich.

Julian verzieht das Gesicht.

„Heilige Scheiße, das ist ja wie bei den Waltons. Nee, also darauf hab ich keinen Bock. Sorry, du musst dir einen anderen Verlobten suchen."

Damit wendet er sich ab und stapft durch den heftig fallenden Schnee zu seiner Maschine.

„Jetzt spinn doch nicht, was willst du sonst machen? Hier kommt vielleicht stundenlang kein Fahrzeug mehr vorbei und bis zum nächsten Ort ist es ein ziemlich weiter Fußmarsch."

Er zuckt mit den Schultern und ich knirsche leise mit den Zähnen. Wäre ja auch zu schön gewesen.

„Okay, dann … ist ja gut, lassen wir das. War eine blöde Idee. Ich dachte halt nur …"

Resigniert lasse ich den Kopf hängen.

„Ich rufe meinen Vater an. Willst du dich ins Auto setzen? Es ist arschkalt."

Er dreht sich zu mir um und mustert mich mit schief gelegtem Kopf.

„Heulst du jetzt?"

„Nein!", zische ich. „Und du hättest auch keine Angst haben müssen, dass ich dich anbaggere. Ich hab die Schnauze voll von Kerlen, da kannst du sicher sein. Ich wollte nur … Ach, ist ja auch egal."

Wütend wende ich mich ab und will gerade die Nummer meines Vaters aufrufen, als eine Hand nach dem Handy greift und es mir sanft wegnimmt. Ich sehe Julian mit gerunzelter Stirn an. Er seufzt leise und sagt: „Ich werde das bereuen, hundertprozentig. Aber gut, sag deinem Vater, er soll die Maschine deines Freundes abschleppen."

Ich kann nicht anders, als zu lächeln.

„Wirklich?"

„Wirklich. Ich hab eh keinen Bock auf Weihnachten bei meiner Schwester und ihrem Macker. Schlimmer kann es bei euch also auch nicht werden."

Er zwinkert mir zu und ich strahle ihn an. Er schüttelt den Kopf und murmelt: „Ich muss bescheuert sein. Ruf an."

„Danke. Das … das ist nett. Es erspart mir eine wirkliche Blamage. Und ja … danke."

Er grinst.

„Das sagtest du bereits."

Ich drehe mich hastig um und stoße dabei gegen seinen Arm. Er verzieht das Gesicht und ich sage erschrocken: „Du bist verletzt. Tut es sehr weh? Ich kann dich ins Krankenhaus fahren."

Er pustet sich eine Strähne aus der Stirn.

„Ich glaub nicht, dass das notwendig ist. Geht schon."

Ich mustere ihn skeptisch.

„Wenn du meinst. Jetzt rufe ich erst mal an, bevor es so stark schneit, dass hier niemand mehr durchkommt."

Gleich darauf rede ich mit meiner Mutter und bitte sie, meinem Dad auszurichten, er möge mit dem Traktor zu der Stelle kommen, an der Julian und ich warten. Ich tische meiner Mutter eine Geschichte auf, warum mein Freund lieber mit dem Motorrad fährt anstatt mit mir im Wagen, und sehe ihren skeptischen Gesichtsausdruck regelrecht vor mir. Letztendlich bleibt ihr jedoch nichts anderes übrig, als mir die Story abzukaufen, und sie verspricht, meinen Vater gleich loszuschicken. Eine halbe Stunde später sind mein Dad und mein Großvater da und haben ein stabiles Holzbrett dabei, über das wir die Maschine auf den Anhänger befördern können.

„Junge, nächste Weihnachten lässt du das Motorrad aber daheim. Nicht, dass du dir noch den Hals brichst. Um die Jahreszeit fährt man doch kein Motorrad mehr in dieser Gegend."

Mein Vater schlägt Julian auf die Schulter und der lächelt gequält. Ich werfe ihm einen beschwörenden Blick zu und er verdreht die Augen.

„Ich werd's mir merken. Nächstes Jahr fahren Valerie

und ich zusammen, klar. War eine blöde Idee", murmelt er und ich blase erleichtert die Luft durch die Zähne. Das kann ja heiter werden. Worauf habe ich mich da nur eingelassen? Gleich darauf sitzen mein Vater und mein Großvater wieder auf dem Trecker und tuckern vor uns her. Julian sitzt schweigend neben mir. Er ist ziemlich blass und hält sich mit der Hand den Ellenbogen. Ich starre angestrengt durch den dicht fallenden Schnee nach draußen. Da fahre ich nun zu meinen Eltern und habe meinen ganz persönlichen Weihnachtsengel dabei.

Kapitel 3

Julian

SCHWEIGEND STARRE ICH HINAUS IN DIE Dämmerung. Auch wenn es noch nicht komplett dunkel ist, erscheint es einem so, denn der Schneefall ist mittlerweile so stark, dass man kaum die Hand vor Augen erkennen kann. Mein Arm pocht und tut weh, doch das ist mir ehrlich gesagt gerade ziemlich egal. Meine Gedanken drehen sich wild im Kreis, und es fällt mir schwer, mich zu konzentrieren. Mir ist klar, dass ich beschissenes Glück hatte. Ich hätte mir das Genick brechen können, so wie ich mich mit der Maschine abgelegt habe. Zum ersten Mal überkommt mich so etwas wie ein schlechtes Gewissen. Ich bin, außer ihrem Verlobten, Maddisons engster und einziger Verwandter. Unsere Eltern sind vor einigen Jahren bei einem Verkehrsunfall ums Leben gekommen und Maddy und ich haben uns notgedrungen eng aneinander angeschlossen. Es würde ihr das Herz brechen, wenn sie nun auch noch mich verlieren würde. Und ich Idiot habe nichts Besseres zu tun, als im Dezember mit einer Kawasaki durch Minnesota zu brettern. Mit einem frustrierten Seufzen hebe ich den unverletzten Arm und streiche mir mit der Hand durch die feuchten Haare. Aus dem Augenwinkel merke ich, wie Valerie mich ansieht. Als sie meinen Blick bemerkt, sieht sie sofort wieder auf die Straße und umklammert das Lenkrad fester.

„Hast du Schmerzen?“, fragt sie leise.

„Geht schon“, antworte ich mürrisch. Mir ist klar, dass Valerie nichts für meine Misere kann, aber mir ist so danach, jemanden dafür verantwortlich zu machen. Ich werfe einen Blick zur Seite und muss nun doch leicht schmunzeln. Sie sieht süß aus, wie sie da so verkrampft hinter dem Steuer hockt. So klein und zart wie Schneewittchen. Und so sieht sie auch aus. Vorhin, als sie da aus dem Wagen ausstieg und auf mich zukam, ist mir für Sekunden im wahrsten Sinne des Wortes die Luft weggeblieben. Und das lag nicht an dem Unfallschock oder den Schmerzen in meinem Arm. Nein, das lag an diesem Mädchen, das mit verkniffener Miene neben mir sitzt, ihre hübsche Stirn in Dackelfalten gelegt hat und angestrengt nach draußen starrt. Für Sekunden dachte ich, ich träume. Oder bin tot. Na ja, zumindest ohnmächtig. Sie kam wie eine überirdisch schöne Erscheinung auf mich zugeschwebt, und wenn ich mich nicht gerade auf die Fresse gelegt und mir um ein Haar den Hals gebrochen hätte, ich schwöre, ich hätte sie mir sofort geschnappt. So etwas Wunderschönes hab ich in meinem ganzen Leben noch nicht gesehen wie diese zierliche junge Frau mit dem langen schwarzen Haar, der lustigen, bunt gestreiften Beaniemütze auf dem Kopf und den strahlend blauen Augen. Ihre Haut ist hell und erinnert mich an süße Sahne. Sie reicht mir gerade bis zur Schulter und ja, verfickte Scheiße, sie ist fucking hot. Sie hat ein süßes, bildhübsches Gesicht, ein hinreißendes Lächeln und … Ich blinzele und rolle genervt mit den Augen. Ist gut jetzt. Ich klinge ja wie ein beschissener Literaturstudent. Der hätte vielleicht eine Vorliebe für so einen schwülstigen Blödsinn, aber ich doch nicht. Ich habe schon genug heiße Bräute gesehen. Ich muss grinsen. Okay, bei Weitem nicht nur gesehen. Dummerweise hat noch nie eine so ein merkwürdiges Gefühl in meiner Magengegend ausgelöst, wie Schneewittchen das tut. Und das, nachdem sie mich beinahe über den Haufen gefahren hätte. Da kommen wir übrigens zum springenden Punkt, warum ich sie nicht direkt angegraben habe. Ich starrte ihr also so entgegen, checkte sie aus alter Gewohnheit in Sekundenschnelle ab und stellte fest, wie heiß sie war. Dann jedoch fiel mir ein, dass sie mich beinahe überfahren hätte, weil sie wie eine gestochene Hummel durch den Wald gerast ist. Und das hat meine Flirtlaune ein klein wenig gedämpft. Davon abgesehen, dass mein einzig wahres Baby ziemlich ramponiert neben mir im Straßengraben lag.

„Ist was?“, fragt Valerie und ich zucke wie ertappt zusammen. Sieht man mir an, dass ich die ganze Zeit über sie nachdenke?

„Was soll sein? Ich hatte einen Unfall mit meinem gerade abbezahlten Motorrad, das jetzt auf dem Anhänger eines Treckers liegt, anstatt unter meinem Arsch zu vibrieren. Mein Arm pocht, als ob eine Armee darin Marschübungen veranstalten würde. Ich sitze neben der Frau, die mich um ein Haar plattgemacht hätte, in einer alten Klapperkiste, deren Heizung den Namen nicht mal ansatzweise verdient, und werde von ebendieser Frau quasi entführt und gezwungen, mich vor ihrer Familie als ihren Freund auszugeben. Über die Feiertage, die ich eigentlich bei meiner Schwester verbringen wollte. Nein, also wenn du mich so fragst, es ist nichts."

Ich höre selbst, wie angepisst ich klinge und irgendwie tut es mir leid, denn Valerie kann weder etwas für meinen Unfall noch dafür, dass ich überhaupt hier unterwegs war. Eine Weile ist es still im Auto, dann sagt sie zögernd: „Ich … Es tut mir leid. Ich glaube, das war eine ganz blöde Idee von mir. Du willst zu deiner Schwester und ich …" Sie trommelt mit den Fingern auf dem Lenkrad herum und sagt schließlich leise: „Sag mir, wo sie wohnt, ich fahre dich hin. Vergessen wir das Ganze. Wenn das Wetter besser wird, kann mein Dad deine Maschine zu einer Werkstatt bringen, aber deswegen musst du nicht meinen Freund spielen."

Ich sehe hinaus in die graue Dunkelheit und schweige.

„Also? Wohin?", fragt Valerie nach einer Weile.

„Bei dem Wetter? Lass gut sein", brumme ich. Dass ich in Wirklichkeit ganz froh bin, nicht bei Maddy und ihrer neuen Sippe feiern zu müssen, muss ich Schneewittchen ja nicht auf die Nase binden. Soll sie ruhig glauben, ich brächte ein Riesenopfer für sie. Dankbare Frauen haben ihre Vorteile. Okay, das ist ein arschiger Gedanke, aber was soll's. Sie bekommt, was sie will, und ich muss mir dieses sentimentale Familien-Weihnachtsgedöns nicht geben. Somit wären wir wohl quitt.

„Meinst du wirklich? Deine Schwester ist bestimmt enttäuscht, wenn du nicht kommst."

Ich zucke mit den Schultern.

„Kann sein. Aber das ist nicht dein Problem."

„Sicher ist das mein Problem. Ohne meine dämliche Idee wärst du zu ihr weitergefahren."

Ich werfe ihr einen Blick zu. Sie sieht so niedlich aus.

„Wie denn? Hätte ich mich hinbeamen sollen? Ohne dich hätte ich mir hier draußen vermutlich den Arsch abgefroren und wäre als Schneeleiche geendet. Also zerbrich dir nicht das hübsche Köpfchen, okay? Das geht klar mit uns."

Sie dreht kurz den Kopf zu mir und funkelt mich mit ihren schönen blauen Augen wütend an.

„Was geht klar mit uns? Ich glaube, du verstehst da was falsch. Du spielst meinen Freund, du bist es nicht. Solltest du das vergessen und deine Hände nicht bei dir behalten, gibt's was hinter die Ohren, kapiert?"

Ich grinse sie an und ihre Augen schießen Blitze in meine Richtung.

„Ach, komm schon, Valerie. Ernsthaft? Wir sollen deiner Familie das glückliche Pärchen vorspielen, ich darf dich aber nur mit der Beißzange anfassen? Deine Leute sind aber nicht irgendwie senil oder so? Weil wenn nicht, glauben sie das doch keine fünf Minuten lang. Ehrlich jetzt, welcher Kerl könnte seine Finger von einem Mädchen wie dir lassen, wenn sie sein Mädchen wäre? Außerdem, hey, ich bin nicht blind, ich sehe doch, wie du mich ansiehst. Du findest mich einfach nur geil."

Ich setze mein berühmtes Killerlächeln auf und sie grunzt empört.

„Du … du spinnst wohl? Ich finde dich nicht geil. Du sollst mir lediglich aus einer Notlage heraushelfen. Weil meine Familie mich ansonsten die ganzen Feiertage über bemitleidet und ich das auf den Tod nicht ausstehen kann. Das ist alles."

Sie fuchtelt mit einer Hand aufgebracht in der Luft herum und ich muss lachen.

„Okay, daraus schließe ich, dass du bei Typen regelmäßig unter Geschmacksverirrung leidest. Richtig? Weil, ehrlich jetzt, wenn die dich so dermaßen bemitleiden, war das vermutlich nicht dein erster Griff ins Klo."

Sie schnappt nach Luft, öffnet den Mund und schließt ihn wieder. Eine gefühlte Ewigkeit lang starrt sie mit finsterer Miene in das Schneetreiben hinaus, und ich überlege, was ich machen soll, wenn sie anhält und mich einfach rausschmeißt. Seit wir unterwegs sind, ist uns noch kein anderes Fahrzeug begegnet, und ich habe keine

Ahnung, wie weit die nächste menschliche Behausung entfernt ist. Vielleicht sollte ich mein loses Mundwerk ein wenig zügeln. Zumindest so lange, bis wir im Warmen sind. Endlich sieht sie mich an, und zu meiner Überraschung sagt sie: „Du hast recht. Er war der dritte Typ in Folge, der mich verarscht hat. Irgendwie scheine ich ein Händchen für Typen zu haben, die auf den ersten Blick nett wirken und sich beim zweiten als echte Arschlöcher entpuppen. Weswegen ich auch keinen Bock mehr auf diesen Mist habe und lieber allein bleibe. Damit erspart man sich eine Menge Ärger."

Ich betrachte sie interessiert. Hätte ich ihr nicht zugetraut, dass sie ihre Liebespleiten so offen zugibt.

„Respekt, Schneewittchen. Ich steh auf ehrliche Menschen. Und weißt du was, ich glaube, deine Dates waren einfach Idioten. Eine Frau wie dich verarscht man nicht."

Sie wirft mir mit gerunzelter Stirn einen Blick zu.

„Eine Frau wie mich? Andere Frauen aber schon?"

„Jetzt verdreh mir nicht das Wort im Mund. Das wollte ich damit nicht sagen. Das war ein Kompliment und die gibt's von mir nur selten. Also bilde dir was drauf ein."

„Hm."

Wieder grüblerisches Schweigen, dann sieht sich mich kurz an und ein Lächeln gleitet über ihr Gesicht.

„Okay. Danke."

Sie sagt das ganz schlicht und ich starre wie ein Idiot auf ihren lächelnden Mund. Fuck! In meinem Bauch rumort es eigenartig und ich wende hastig den Blick ab. Was soll das denn jetzt? Das würde mir noch fehlen, dass Schneewittchen irgendwelche Gefühlsduseleien in mir auslöst. Um von diesem Blödsinn abzulenken, sage ich: „Du musst aber nicht denken, dass du mit mir das große Los gezogen hättest und deine Familie beeindrucken kannst. Ich hab nicht mal viele Klamotten dabei, nur die paar Wechselsachen, die in den Gepäcktaschen beim Motorrad drin sind. Also nichts schwarzer Anzug mit Fliege oder so."

Sie grinst.

„Nicht? Das ist aber schade. Damit hättest du bei uns auf der Ranch sicher den Vogel abgeschossen, wenn wir vor dem Weihnachtsessen die Tiere im Stall füttern."

Sie kichert und ich schaue sie finster an.

„Findest du mich etwa witzig?"

Sie gluckst leise.

„Schon ein bisschen."

Ich stoße ein abfälliges Geräusch aus und wende den Blick ab. Sie kichert noch mal, dann sagt sie: „Nun schmoll nicht. War nicht böse gemeint, du siehst im Anzug sicher total super aus. Aber wir … na ja, wir sind eher … normal halt. Ich meine, hey, wir sind hier in der Pampa von Minnesota. Du hast meinen Dad und meinen Grandpa vorhin gesehen; glaubst du, die würden im Anzug unterm Weihnachtsbaum hocken? Bei uns geht es locker und lustig zu. Familiär halt. Vielleicht wirst du es ja gar nicht so schlimm finden, wie du jetzt denkst."

Ich brumme etwas vor mich hin, sehe sie dann an. Sie

lächelt versöhnlich und ich lächele zurück. Fuck, ich muss echt vorsichtig sein. Sie hat was an sich, was mich weich wie Butter werden lässt. Okay, vermutlich nicht jedes Körperteil würde dauerhaft weich bleiben beim Gedanken an die süße Valerie. Ich muss grinsen und schüttele den Kopf.

„Was ist?", fragt Valerie.

„Nichts. Außer … na ja, ein paar Infos wären nicht schlecht. Zu unserer Beziehung, mein ich. Wie heiße ich denn als dein heiß geliebter Schatz? Oder heißt der zufällig auch Julian?"

Sie trommelt nervös auf dem Lenkrad herum.

„Nein. Der heißt Jeff. Jeff Baker."

Ich nicke.

„Jeff. Na, kein Wunder, dass das ein Idiot ist. Wer heißt schon Jeff?"

Sie wirft mir einen giftigen Blick zu.

„Er heißt eben so. Und ich habe meiner Familie natürlich von ihm erzählt und auch seinen Namen erwähnt. Ich müsste dich also so nennen."

Ich beuge mich etwas vor und verberge das Gesicht in den Händen, dabei stöhne ich theatralisch.

„Na toll, ich bin ab jetzt der Freund von Schneewittchen und heiße Jeff. Hervorragend."

„Nenn mich nicht immer Schneewittchen. Ich heiße Valerie", zischt sie und ich sehe sie grinsend an.

„Du siehst aber aus wie Schneewittchen. Weiß wie Schnee, rot wie Blut und schwarz wie Ebenholz."

Sie verzieht das Gesicht.

„Da hat klein Julian wohl brav zugehört, wenn Mama ihm Märchen vorgelesen hat, was?“

Für einen Moment verdunkelt sich meine Miene. Unbewusst hat Valerie einen wunden Punkt getroffen, denn ich habe es als kleiner Junge tatsächlich geliebt, wenn meine Mutter mir vorgelesen hat. Es ist eine meiner liebsten und zugleich schmerzlichsten Erinnerungen an sie. Aber das geht niemanden etwas an.

„Kann schon sein“, sage ich schroff und sie guckt verdutzt.

„Okay. Sorry, ich wollte dir nicht zu nahe treten.“

„Bist du nicht. Also weiter. Wie alt bin ich, wie alt bist du? Wie lange sind wir zusammen, wo haben wir uns kennengelernt, was mache ich so? Was machst du? Wo wohnen wir?“

Ich rattere die Fragen automatisch herunter, versuche das Bild in meinem Kopf loszuwerden. Das Bild meiner Mutter mit meinem Lieblingsbuch in der Hand, wie sie lächelnd vor meinem Bett steht. Ich schlucke. Was ein Scheiß. Wäre dieses verdammte Weihnachtsfest doch schon vorbei. Hätte ich mich bloß nicht darauf eingelassen, mich von Maddy bequatschen zu lassen. Dann wäre ich jetzt zu Hause und müsste mich nicht mit all diesem Blödsinn herumschlagen.

„Na ja, also ich bin zweiundzwanzig, du bist achtundzwanzig. Wir sind seit zwei Monaten zusammen. Kennengelernt haben wir uns im Supermarkt, wo wir beide die letzte Packung Orangeneis nehmen wollten. Du hast sie mir aber netterweise überlassen“, sagt Valerie und wirft einen schnellen Blick zu mir. Ich runzele die Stirn. Hätte ich ihr die Packung auch als Julian überlassen? Bin mir nicht sicher, denn manchmal kann ich ein ziemlich egoistischer Bastard sein. Mein Blick streift über sie und ich schlucke. Doch, hätte ich. Ihr schon. Verdammte Scheiße, ich sollte zusehen, dass ich von hier verschwinde.

„Klingt romantisch", murmele ich und sie sagt entschuldigend: „Na ja, nicht wirklich, aber es war eben so. Und du, also Jeff, ist Steuerberater."

Ich seufze und schlage mir die Hand vor die Stirn.

„Ernsthaft? Steuerberater? Ehrlich …"

Ich verkneife mir, was ich sagen wollte, und zucke mit den Schultern.

„Okay, ich heiße Jeff und bin Steuerberater. Wohnen wir zusammen?"

Sie schüttelt den Kopf.

„Nein, du wohnst bei deiner Mutter."

Ich muss husten.

„Mit achtundzwanzig? Jetzt mutiere ich auch noch zum Muttersöhnchen, also ehrlich, Valerie, du schuldest mir was."

Sie sieht zerknirscht aus.

„Ich weiß", flüstert sie und plötzlich tut sie mir leid. Vermutlich hat sie Liebeskummer und findet das hier nicht annähernd lustig.

„Ich habe seit Kurzem eine kleine Wohnung in Rosebell Falls. Das ist hier die nächste Stadt. Dort arbeite ich seit dem Herbst als Erzieherin in einer Kita."

Unwillkürlich muss ich lächeln. Irgendwie passt das zu ihr.

„Okay. Das ist ja schon mal was. Wir werden das Baby schon schaukeln. Hey, ich krieg das hin. Die werden dich nicht in die Mangel nehmen und mitleidig belächeln. Dafür sorge ich, versprochen."

Sie lächelt, und in meinem Magen flattert es wieder, was ich geflissentlich ignoriere. Aber holy shit, sie hat ein hammersüßes Lächeln. Ich räuspere mich und sage: „Wie heißt denn meine neue Sippe … äh, Familie? Du hast deinem Schatz doch bestimmt ihre Namen verraten."

Dass ich ein jämmerliches Namensgedächtnis habe, muss Schneewittchen ja nicht wissen.

„Ähm, ja, natürlich. Also, hör zu. Unser Familienname ist Davis. Meine Mom heißt Martha, sie ist zweiundfünfzig Jahre alt, ist Hausfrau, kocht und backt hervorragend und …"

„Okay, okay. Stopp."

Abwehrend hebe ich die unverletzte Hand.

„Einfach nur die Namen, das reicht. Das kann ich mir doch niemals merken, ohne die Leute je gesehen oder öfter von ihnen gehört zu haben."

Sie überlegt, nickt dann.

„Du hast recht, sorry. Also wie gesagt, meine Mom heißt Martha. Mein Dad heißt Phil. Dann gibt es meine Grandma, sie heißt Millie, sie ist die Mutter meines Dads und …"

Ich sehe sie strafend an und sie lächelt zerknirscht.

„Sorry. Ähm, mein Großvater heißt Henderson. Dann sind noch meine Schwester Lindsay und mein Schwager

Andrew da. Sie haben zwei Kinder, Matt und Erin. Und mein Bruder Luke. Das ist alles.“

„Ach, das ist alles. Na dann“, ächze ich. Das ist ja die reinste Großfamilie. Das kann nur die Hölle werden, ich sehe es kommen.

„Tut mir leid. Ich kann dich immer noch zu deiner Schwester fahren.“

„Nein, ist schon okay. Wir ziehen das durch.“

Ich nicke und schaue aus dem Fenster. Es ist inzwischen ganz dunkel, und das Schneetreiben ist so dicht, dass wir nur langsam vorankommen. Mit Unbehagen denke ich daran, wie es mir gehen würde, wäre Valerie nicht vorbeigekommen. Dann hätte ich verdammt alt ausgesehen.

„Das ist wirklich in Ordnung. Ehrlich.“

Ich lächele sie an und sie lächelt zaghaft zurück.

„Okay.“

In ihren Augen funkelt es, und ich fühle mich ziemlich gut, was merkwürdig ist, denn mein Arm tut weh, es ist nicht gerade kuschelig warm in dieser Kiste, und aus dem Radio dudelt mein Albtraumsong „Last Christmas“, bei dem ich normalerweise einen allergischen Ausschlag bekomme. Heute nicht. Es fühlt sich gut an hier mit diesem fast fremden Mädchen in einem alten Auto mitten im Schneegestöber. Verfickte Scheiße, ich glaube, ich habe ein Problem.

Kapitel 4

Julian

VALERIES AUTO RUMPELT ÜBER DIE ZUFAHRT ZUR Ranch ihrer Familie. Ich hocke müde neben ihr und schaue etwas benommen vor mich hin. Wir haben einen kurzen Zwischenstopp bei Doktor Mitchell gemacht, der, wie Valerie mir erklärt hat, der beste Arzt der Gegend sei. Na ja, vermutlich ist er auch der einzige Arzt. Jedenfalls ist er nicht mehr der Jüngste und seine Praxis hat mich an einen alten Spielfilm erinnert. Immerhin scheint er etwas von seinem Job zu verstehen, denn die Untersuchung verlief schnell und professionell, und offenbar hatte ich Glück, denn der Arm ist nur geprellt. Der Doc hat mir eine Schmerzspritze verpasst und mir Tabletten und eine Salbe mitgegeben. Und die Auflage, den Arm ruhig zu halten. Ich spüre, wie Valerie mir einen Blick zuwirft. Sie sieht besorgt aus.

„Du bist blass. Tut dein Arm sehr weh?“, fragt sie und ich schüttele den Kopf.

„Geht schon. War ein langer Tag und ich bin einfach ziemlich durch."

Sie nickt.

„Verstehe. Du kannst dich gleich hinlegen."

Bei ihren Worten zuckt mir ein Gedanke durch den Kopf, der dafür sorgt, dass ich mich schlagartig besser fühle. Wenn ihre Eltern nicht ganz altmodisch sind, wird es für sie doch sicher selbstverständlich sein, das junge, frischverliebte Paar ein gemeinsames Zimmer beziehen zu lassen, oder? Ich grinse in mich hinein. Verdammt, der Gedanke gefällt mir.

„Wir sind da."

Valeries Stimme dringt zu mir durch und ich hebe den Kopf. Vor uns erhebt sich ein Haus wie aus dem Bilderbuch. Rustikal, aus Holz gebaut, umrandet von einer großzügigen Veranda. Während Valerie bereits ausgestiegen ist, sitze ich noch da und betrachte durch den fallenden Schnee das Haus. Es sieht gemütlich aus. In den Fenstern leuchten kleine elektrische Lichterketten und durch die Vorhänge dringt warmer Schein nach draußen in die Dunkelheit. Über der dunkelrot gestrichenen Eingangstür brennt eine altmodisch geschnörkelte Lampe, während an der Tür ein geschmückter Kranz aus Tannenzweigen hängt. Ich atme tief durch. Na dann. Auf geht's in den Familien-Weihnachtswahnsinn. Valerie öffnet von außen die Beifahrertür und sagt: „Kommst du?"

Sie klingt nervös. Ich steige aus und greife ohne nachzudenken nach ihrer Hand.

„Hey, ganz ruhig. Wir machen das schon."

Sie sieht mich an und für einen Moment versinke ich in dem strahlenden Blau ihrer Augen.

„Ja. Sicher."

Sie schließt die Autotür, und vermutlich sollte ich nun ihre Hand loslassen, aber ich will nicht. Es fühlt sich gut an, ihre zarten Finger mit meinen zu umschließen. Ich runzele die Stirn. Ob ich mir vorhin bei dem Unfall den Kopf gestoßen habe? Ich bin nicht der Typ für diesen romantischen Scheiß. In meinem ganzen Leben habe ich noch mit keiner Frau Händchen gehalten. Und ich will das auch jetzt nicht. Doch, genau das will ich. Fuck. Valerie bekommt nichts von meinen bescheuerten Gedanken mit, sie steht stumm neben mir und kaut auf ihrer Unterlippe.

„Sollen wir das wirklich durchziehen? Alle so zu belügen? Ich meine, das ist meine Familie und wir sind immer ehrlich zueinander. Und das hier … das ist doch nicht richtig, oder?"

Sie schüttelt den Kopf und sieht mich verzagt an. Ich zucke mit den Schultern.

„Das ist deine Entscheidung. Aber du solltest dich vermutlich schnell entscheiden."

Sie senkt den Kopf.

„Ja."

Ihre Finger zittern etwas in meiner Hand, schließlich sieht sie mich wieder an und sagt: „Machen wir es. Ich will nicht schon wieder das bedauernswerte Opfer sein. Ich weiß, sie meinen es nicht böse, aber es ist trotzdem ein beschissenes Gefühl. Verstehst du, was ich meine?"

Eigentlich nicht, aber ich nicke trotzdem.

„Klar. Also, Babe, lass uns deiner Familie zeigen, was ein echtes Traumpaar ist."

Ich grinse frech und sie verzieht das Gesicht.

„Spinn nicht rum. Und vergiss nicht, Pfoten weg."

„Aber natürlich. Ich bin so brav wie ein Chorknabe. Als wäre ich noch Jungfrau."

Sie sieht mich schräg an.

„Das hoffe ich für dich."

„Du hoffst, dass ich Jungfrau bin? Glaub mir, wenn du einmal unter mir gewesen bist, dankst du dem Herrn dafür, dass ich weiß, was ich tue."

Ich kann es nicht lassen. Sie starrt mich an, wird knallrot.

„Sonst geht's dir aber gut? Ich werde niemals unter dir sein oder über dir oder sonst was. Kapiert?", zischt sie und ich muss lachen.

„Über mir wäre auch eine Überlegung wert."

Ihre Augen schießen Blitze und ich sage grinsend: „Ist ja gut, war nur Spaß."

Ich lasse meinen Blick lässig über ihren Körper schweifen und sie funkelt mich an.

„Spaß, ja? Das ist nicht meine Art von Humor, Julian."

Ich trete einen Schritt näher und sage leise: „Ich mag es, wenn du Julian sagst. Klingt viel besser als Jeff."

Das meine ich sogar ernst, meine Haut kribbelt angenehm, wenn sie meinen Namen ausspricht. Leider findet Schneewittchen auch dieses Kompliment daneben, denn sie faucht: „Lass es, okay? Wir sind nicht hier, weil … weil ich irgendwie auf dich stehe. Du hilfst mir aus einer blöden Situation und dafür hab ich dir aus einer noch blöderen geholfen. Wir sind also quitt."

„Alles klar. Damit sind die Fronten doch geklärt. Nicht aufregen, gibt frühzeitige Falten."

Ich lächele charmant und sie erdolcht mich mit Blicken aus ihren Veilchenaugen.

„Du … Ach, vergiss es."

Ich nicke und will mich in Bewegung setzen, doch Valerie zieht mich an der Hand zurück.

„Warte. Ich … Verrätst du mir deinen vollständigen Namen? Und wie alt du wirklich bist? Und was du machst? Ich weiß, das geht mich nichts an, aber … ich fühle mich wohler dann."

Sie lächelt jetzt etwas unsicher und ich muss schmunzeln. Sie ist niedlich und natürlich hat sie absolut kein Interesse an mir. Ist klar.

„Okay. Als meine Freundin darfst du natürlich alles von mir wissen und haben, was immer du willst."

Sie will zu einer empörten Antwort ansetzen, schließt jedoch den Mund wieder und nickt.

„Okay."

„Okay. Also mein Name ist Julian Carter. Ich bin dreiundzwanzig und studiere im letzten Semester Bauingenieurswesen in Minneapolis. Ich wohne in einer winzigen Studentenbude und jobbe nebenbei als Pizzafahrer. Die Ninja habe ich mir quasi vom Mund abgespart und dafür auf etliches verzichtet, aber ja, es war mein Traum, so ein Baby unter mir zu haben."

Ich suche ihren Blick und sie lächelt verschmitzt.

„Du stehst anscheinend drauf, jemanden unter dir zu haben, was?"

Ich muss lachen.

„Kommt drauf an, wen. Aber ja, kann schon sein."

Unsere Blicke treffen sich und sie sagt: „Finde ich gut, wenn man etwas tut, um sich seine Träume zu erfüllen."

Ich mustere sie versonnen. Sie hat recht, es hat sich verdammt gut angefühlt, diesen Traum nicht aufzugeben, obwohl es mir oft schwergefallen ist, auf alles Mögliche zu verzichten.

„Meine Schwester Maddison ist fünfundzwanzig und seit Kurzem verlobt, weswegen sie aufs Land zu ihrem Verlobten gezogen ist. Und die ich vermutlich bald mal anrufen sollte, weil sie sich sicher Sorgen macht. Tja, das war die Kurzfassung über Julian Carter; alles, was du sonst über mich wissen willst, musst du selbst herausfinden", sage ich und Valerie blinzelt.

„Was sollte ich sonst noch wissen wollen?", murmelt sie. Ich nicke.

„Klar. Was interessiere ich dich schon."

Ich muss mir ein Grinsen verkneifen, denn es ist so offensichtlich, wie es hinter ihrer Stirn rattert. Sie würde gerne verdammt viel über mich wissen wollen, aber vermutlich würde sie sich eher die Zunge abbeißen, als zuzugeben, dass ich sie nicht so kaltlasse, wie sie es gerne hätte.

„Ich hab ja nicht gesagt, dass du mich nicht interessierst … Es ist nur … Ach, lassen wir das. Gehen wir rein, komm."

Gleich darauf stehen wir in einer weihnachtlich geschmückten Diele und leckerer Plätzchenduft steigt mir in die Nase. Ich merke, wie mein Magen bei dem Geruch anfängt zu grummeln, denn seit dem Frühstück habe ich nichts mehr gegessen. Valerie hält immer noch meine Hand und zieht sich nun mit der anderen die Mütze vom Kopf. Eine Flut dunkler, seidig glänzender Haare fällt bis weit über ihre Schultern und ich muss unwillkürlich schlucken. Sie ist so fucking hübsch, da gibt es ehrlich nichts dran zu rütteln. Während ich so dastehe und Valerie anstarre wie ein Idiot, kommt aus der Tür seitlich neben uns eine Frau geeilt, die unverkennbar Valeries Mutter ist. Sie ist ebenso klein wie ihre Tochter, hat die gleichen feinen Gesichtszüge und dunkles Schneewittchenhaar, das allerdings zu einem modischen Pagenkopf geschnitten ist.

„Valerie, Liebling, da bist du ja endlich. Dad hat mir erzählt, was geschehen ist. Oh mein Gott, wie schrecklich. Zum Glück ist euch beiden nichts passiert."

Sie umarmt Valerie, die dafür meine Hand loslässt, was ich bedauernd zur Kenntnis nehme. Danach wendet Mrs. Davis sich mir zu.

„Du musst Jeff sein. Du liebe Güte, Junge, was machst du bloß für Sachen. Dein Arm ist verletzt und du bist ganz blass."

Sie holt Luft und sagt lächelnd: „Ach, ich rede und rede, das ist immer so, wenn ich aufgeregt bin. Ich bin Martha, Valeries Mom. Ich freue mich sehr, dich kennenzulernen, Jeff.“

Sie umarmt mich vorsichtig, und ich werfe einen Blick zu Valerie, die verlegen blinzelt und mit den Schultern zuckt.

„Tut dein Arm sehr weh? Was da hätte passieren können. Motorräder, ich sage es ja immer, sind so eine gefährliche Sache.“

Sie tätschelt meinen gesunden Arm und ich nicke.

„Tut mir leid, dass Sie sich Sorgen gemacht haben. Ist ja nichts passiert. Und … Valerie war ja nicht mit auf der Maschine, ihr geht's gut.“

Martha runzelt die Stirn.

„Nichts passiert? Du bist verletzt.“

Sie deutet auf meinen Arm und fährt fort: „Außerdem, Valerie wäre sehr wohl etwas passiert, wenn du … also wenn du dich ernsthaft verletzt hättest. Sie liebt dich und da leidet man als Partner doch mit.“

Ich räuspere mich.

„Sie haben natürlich recht. Ich fahre auch wirklich vorsichtig; an der Maschine ist irgendwas defekt, die Lenkung hat blockiert, deshalb.“

Valerie neben uns sieht aus, als würde sie am liebsten auf der Stelle reinen Tisch machen, und ich packe sie am Arm, ziehe sie zu mir.

„Alles gut, nicht wahr, Schatz? Wir kriegen das schon hin.“

Sie kneift die Augen zusammen und wirft mir einen giftigen Blick zu, denn mein Arm hat sich mittlerweile wie von selbst um ihre schmale Taille gelegt.

„Aber natürlich, Schatz“, brummt sie und ich grinse in mich hinein. Martha sieht uns verzückt an.

„Meine Güte, seid ihr ein süßes Paar. Valerie sieht wie eine Puppe neben dir aus, Jeff. Und ich muss schon sagen, du bist ein wirklich hübscher junger Mann.“

Sie lacht herzlich.

„Das darf ich doch sagen, oder?“

Ich nicke schmunzelnd.

„Aber natürlich. Vielen Dank.“

Sie strahlt und ich drücke Valerie fester an mich. Sie lächelt verkniffen und tritt mir mit dem Absatz ihrer Stiefel auf den Fuß. Ich verziehe keine Miene und sie sagt: „Ups, sorry, Schatz. Ich bin so ungeschickt.“

Martha sieht ihre Tochter strafend an.

„Nun hat er schon den verletzten Arm und du brichst ihm noch die Zehen. Pass doch ein bisschen besser auf, Kind.“

Sie schüttelt den Kopf, und ich sehe Valerie an, weiß genau, sie bemerkt das triumphierende Funkeln in meinen Augen. Offensichtlich habe ich mit ihrer Mutter einen begeisterten Fan gefunden. Valerie starrt mich böse an, und ich muss mich wirklich beherrschen, um ihr keinen Kuss auf die sündig vollen Lippen zu drücken. Da ich es aber nicht übertreiben will, lasse ich sie los und trete einen Schritt zurück.

„Jetzt kommt doch mal rein."

Martha fuchtelt mit den Händen und deutet auf die Küche.

„Möchtet ihr etwas trinken? Oder eine Kleinigkeit essen? Bis zum Abendessen dauert es noch eine Weile."

„Ich nicht", brummt Valerie.

„Ein Glas Wasser oder Limo wäre cool, Mrs. Davis", sage ich und Martha nickt.

„Herein, herein. Und nenn mich bitte Martha, Jeff, in Ordnung? Bei uns auf dem Land ist das lockerer und na ja, du gehörst doch jetzt zur Familie."

Sie strahlt mich an und ich grinse breit zurück. Ich höre förmlich, wie Valerie neben mir mit den Zähnen knirscht, aber da muss sie durch. Sie wollte doch, dass ich ihren Lover spiele. Und verflixt, ich mag diesen Gedanken. Vermutlich mehr, als ich sollte.

Ich schäle mich aus der Motorradlederjacke und ziehe die schweren Motorradstiefel aus, ebenso wie Valerie ihre Jacke und Schuhe ablegt, und wir folgen Martha in eine gemütliche, rustikal eingerichtete große Küche, deren Fenster weihnachtlich erleuchtet sind und in der es himmlisch duftet. Mir läuft das Wasser im Mund zusammen und ich sage: „Das riecht aber gut hier. Da bekommt man ja richtig Hunger."

Martha lächelt erfreut und sagt: „Wirklich? Ich habe Kekse und Apfelkuchen gebacken. Möchtest du ein Stück?"

„Oh, ja, sehr gern."

Während Valerie und ich uns setzen, wirbelt Martha durch die Küche, holt Teller und Gläser und schneidet ein dickes Stück Kuchen ab. Valerie sitzt mit verdrießlicher Miene neben mir, und ich kann es nicht lassen, nach ihrer Hand zu fassen.

„Jetzt guck nicht so, Babe. Ist doch nichts passiert, du hast mich ja noch."

Sie kneift die Augen zusammen, und ich sehe, wie sie tief durchatmet, während ihre Mutter uns lächelnd beobachtet.

„Ja, zum Glück, mein Schatz", knirscht Valerie und ich grinse sie an. In Gedanken ermordet sie mich bestimmt gerade zum mindestens zehnten Mal, was mich aber nicht davon abhält, sie hinreißend zu finden. Sie will ihre Hand zurückziehen, doch ich lasse sie nicht los, und bevor sie reagieren kann, hebe ich sie an und hauche ihr einen leichten Kuss auf den Handrücken. Unsere Blicke treffen sich, und ich merke, wie etwas in den Tiefen ihrer blauen Augen aufblitzt. Und dieses Mal ist es keine Wut. Ich lächele leicht und sie wird ein bisschen rot.

„Verdammt, Jul… äh, Jeff. Ist ja gut", zischt sie und ich lache leise. Martha beobachtet uns verzückt und sagt: „Nun sei doch nicht so verklemmt, Valerie. Ach Gott, ich wünschte, Phil und ich wären noch einmal so verliebt."

Mit einem verträumten Gesichtsausdruck stellt sie den Teller vor mich ab.

„Lass es dir schmecken, Junge. Es ist Valeries Lieblingskuchen."

„Wirklich? Ich mag Apfelkuchen auch sehr gern. Leider

komme ich nur selten in den Genuss von etwas Selbstgebackenem.“

Für Sekunden sehe ich das Gesicht meiner Mutter vor mir, rieche den Duft ihres Kirschkuchens, den sie oft gebacken hat, und ein scharfer Schmerz zieht durch meine Brust. Ich blinzele, bemerke, dass Valerie mich aufmerksam ansieht. Ich weiche ihrem Blick aus und probiere den Kuchen.

„Wow, lecker. Schmeckt himmlisch“, sage ich und Martha strahlt.

„Danke, das freut mich. Wie kommt es, dass du keinen selbst gebackenen Kuchen bekommst? Leben deine Eltern nicht in deiner Nähe?“, fragt sie arglos und ich schlucke. Ich rede höchst ungern über meine Eltern, und schon gar nicht möchte ich, dass Valerie mich irgendwie bemitleidet. Sie kennt mich kaum, und ich habe es mir angewöhnt, nur sehr wenige Menschen hinter meine Fassade schauen zu lassen. Aber ich kann auch nicht hier in dieser warmen, gemütlichen Küche sitzen und diesen Leuten über dieses Thema ins Gesicht lügen.

„Meine Eltern leben nicht mehr. Sie sind vor acht Jahren bei einem Verkehrsunfall gestorben.“

Ich versuche, meine Stimme ruhig klingen zu lassen, doch ich höre selbst, dass es nicht so gut klappt wie sonst. Keine Ahnung, woran das liegt. Ob an dem gerade überstandenen Unfall und daran, dass ich selbst um ein Haar hätte draufgehen können. An den bevorstehenden Feiertagen. Oder an Valerie und ihren blauen Augen, die mich nun erschrocken ansehen. Auch Martha holt Luft und sagt: „Was? Oh … oh, das tut mir leid, ich wollte nicht … Das tut mir wirklich leid, Jeff."

Sie klingt bestürzt, und ich fühle, sie meint es ehrlich, sagt das nicht nur so dahin.

„Das ist schon okay, ist lange her. Ich komme damit klar", murmele ich und suche nun doch vorsichtig Valeries Blick. Sie sieht mich an und für Sekunden gibt es nur sie in diesem Raum. Sie und mich. Ihre Zungenspitze leckt nervös über ihre Unterlippe, und ich sehe, wie sie nach Worten sucht. Doch da sagt ihre Mutter bereits: „Valerie, warum hast du uns das denn nicht erzählt? Ich hätte doch nie so plump nachgefragt, wenn ich davon gewusst hätte. Du … Hast du nicht gesagt, Jeff lebt bei seiner Mutter?"

Valerie sieht erschrocken von mir zu ihrer Mutter und will eine Antwort geben, doch ich komme ihr zuvor: „Sie kann nichts dafür, ich habe es ihr noch nicht erzählt. Ich rede nicht gern darüber. Und ja, ich lebe bei meiner Stiefmutter, meine Eltern waren geschieden. Sie waren aber noch miteinander befreundet und gemeinsam unterwegs, als der Unfall passierte. Meine Stiefmutter ist wie eine Mutter für mich, deshalb, ja."

Meine Güte, was für eine bekloppte Story. Aber ich hatte total vergessen, dass der gute Jeff noch bei seiner Mommy wohnt. Fuck.

Martha verzieht mitleidig das Gesicht, und mir ist klar, sie wird mich ab jetzt unter ihre Fittiche nehmen. Adoptieren. Unter ihren persönlichen Schutz stellen.

„Das kann ich gut verstehen, dass du nicht gerne darüber redest. Es tut mir wirklich leid, Jeff. Zum Glück hast du wenigstens noch deine Stiefmama."

Ich lächele Martha etwas gequält zu und sie lächelt zurück. Dann sagt sie: „Ich lasse euch beide kurz allein, bin gleich wieder da."

Damit eilt sie aus der Küche, und ich senke den Kopf, blicke betreten auf den Kuchen auf meinem Teller. So war das nicht gedacht, ich wollte hier nicht nach fünf Minuten sämtliche weibliche Familienmitglieder dazu bringen, in mir das arme, verlassene Waisenkind zu sehen. Aber etwas in mir ahnt, dass es in dieser Familie schwierig werden wird, den unnahbaren Typen zu geben, der sich aus allem raushält. Valerie sitzt noch immer schweigend neben mir, jetzt sagt sie leise: „Es tut mir leid, Julian. Das muss schlimm gewesen sein. Du warst erst fünfzehn."

Ich nicke stumm, zerbrösele den Kuchen. Sie knetet ihre Finger, fährt fort: „Und jetzt … oh mein Gott, du wolltest zu deiner Schwester und ich … Sie wartet sicher auf dich, ich meine, wenn eure Eltern … Ach, Mensch, was soll ich sagen? Hm? Sag du es einfach, okay? Dass ich eine blöde, egoistische Kuh bin, die dich zu etwas überredet hat, was du nicht wolltest. Und jetzt sitzt du hier fest und kannst nicht mit deiner Schwester Weihnachten verbringen."

Sie holt Luft und will weiterreden, doch ich unterbreche sie barsch: „Lass gut sein, Val. Was ich eben gesagt habe, stimmt. Ich rede nicht gern darüber. Es ist lange her. Und das mit Maddy muss dir nicht leidtun, ich regele das mit ihr."

Sie nickt, für Sekunden sieht sie verletzt aus, doch sie fängt sich schnell wieder.

„Okay. Tut mir leid. Und … danke. Wegen eben. Wegen meiner Mom und dass du so schnell geschaltet hast wegen Jeff."

Ich nicke und wir starren beide stumm vor uns hin. Martha betritt die Küche und ich bin erleichtert. Ich bin es nicht gewohnt, die Kontrolle abzugeben, und Valerie … sie löst etwas in mir aus, was mich nervös macht. Keine Ahnung, was das ist, aber es ist da. Verrückt.

„Mom, wo sind denn die anderen?", fragt Valerie, und ich höre zu, während ich mich erneut meinem Kuchen widme.

„Oh, Dad und Grandpa sind draußen im Stall. Sie haben dein Motorrad in den Schuppen gebracht, Jeff, und deine Taschen nach oben in Valeries Zimmer getragen."

Bei diesen Worten schiele ich zu Valerie, der offenbar gerade aufgeht, dass wir für ihre Familie ja ein glücklich verliebtes Paar sind und uns als ebendieses ein Zimmer teilen werden. Sie schaut zu mir herüber und ich kann ein Grinsen nicht unterdrücken. Sie wird rot und ihre Augen funkeln empört. Ich zucke leicht mit der Schulter und fühle mich eigenartigerweise schon wieder besser als eben.

„Granny schläft, sie hat die halbe Nacht Kekse gebacken. Du kennst sie ja, wenn sie im Backrausch ist, hört sie nicht auf. Und nun ist sie müde und schlecht gelaunt."

Martha rollt mit den Augen und Valerie lacht leise.

„Oh ja, das kann ich mir denken."

Ihre Mutter nickt.

„Luke sitzt in seinem Zimmer vor der Playstation und Lindsay, Andrew und die Kinder kommen erst morgen früh."

Valerie nickt.

„Mom, hör mal, mit den Schlafzimmern, das wird ja dann etwas eng für uns alle. Also, Jeff könnte ja zum Beispiel auf der Couch im Wohnzimmer schlafen und ich nehme Erin und Matt zu mir. Dann hätten Lindsay und Andrew ein Zimmer für sich und ..."

Sie bricht ab und blinzelt unter ihren langen, schwarzen Wimpern zu mir herüber. Ich lehne mich im Stuhl zurück und ziehe eine Augenbraue hoch. Auch Martha sieht irritiert aus.

„Was soll das denn für einen Sinn machen, Liebes? Matt schläft zu Hause mit im Elternbett und wird wohl auch hier bei Lin und Andrew schlafen, und für Erin stellen wir eine Gästeliege ins Zimmer oder sie kommt sowieso zu Dad und mir. Und Jeff kann natürlich bei dir schlafen, also so von vorgestern sind deine alten Herrschaften nun wirklich nicht, dass wir da etwas dagegen hätten. Meine Güte, Valerie, Jeff muss ja denken, wir wären altmodische Steinzeitmenschen und dein Vater würde deine Verehrer mit der Schrotflinte bedrohen."

Sie lacht und ich falle in ihr Lachen mit ein. Dabei lehne ich mich vor und ergreife Valeries Hand.

„Keine Sorge, ich benehme mich, du wirst mich kaum bemerken."

Ich zwinkere ihr zu und sie kneift wütend die Lippen zusammen.

„Klar, kein Problem. Liebling."

Ich nicke und streiche mit dem Daumen leicht über ihren Handrücken.

„Gut."

Martha lächelt amüsiert, verkneift sich aber einen Kommentar. Valerie spießt mich noch einen Moment lang mit Blicken auf, dann zieht sie ruckartig ihre Hand aus meiner und erhebt sich.

„Ich gehe mich mal frisch machen. Muss auch noch meine Sachen aus dem Auto holen. Kommst du mit, Schatz?"

Sie betont dieses Wort leicht sarkastisch und ich grinse breit.

„Aber sicher. Muss ja mal das Bett begutachten."

Sie stößt ein leises, undefinierbares Geräusch aus und beugt sich zu mir. Für ihre Mutter sieht es wohl aus, als würde sie mich auf die Wange küssen, stattdessen zischt sie mir leise ins Ohr: „Ich warne dich, wehe, du lässt deine Hände nicht bei dir. Wir haben verdammt große, scharfe Messer im Haus."

Ich lehne mich etwas vor, damit mein Atem warm über ihre Wange streift.

„Das wäre aber schade, wenn du mich massakrieren würdest, bevor wir die Gelegenheit haben, uns etwas besser kennenzulernen."

Ich sehe, wie sie unsicher blinzelt, dann richtet sie sich abrupt auf.

„Müssen wir nicht. Das hier ist nur ein kurzes Intermezzo und das weißt du hoffentlich."

Ich nicke.

„Klar. Bin ein kluger Junge."

Sie betrachtet mich, dann lächelt sie, und in meinem Bauch beginnt es direkt wieder zu rumoren.

„Das glaub ich auch. Und jetzt komm, lass uns nach oben gehen."

Ich nicke und erhebe mich ebenfalls. In der Diele sage ich: „Warte, ich hole deinen Kram aus dem Auto."

Damit steige ich locker in die Motorradstiefel und Valerie schlüpft hastig in ihre Schuhe.

„Quatsch, du hast einen verletzten Arm. Ich mach das schon", sagt sie.

„Ich bin doch kein Invalide. Lass mich das machen."

Sie öffnet die Haustür und wir treten beide gleichzeitig einen Schritt nach vorn, sodass wir in der Tür aneinander prallen und quasi nebeneinander feststecken.

„Ey. Mensch", zischt Valerie, und ich merke, wie sie zusammenzuckt, als ihr Körper sich eng gegen meinen drückt. Sie hebt den Kopf und wir sehen uns direkt in die Augen. Eine leichte Röte überflutet ihr hübsches Gesicht und ihr süßer Mund verzieht sich zu einem Lächeln.

„Sorry. Ich bin sonst eigentlich nicht so kratzbürstig. Es ist … na ja, es ist eigenartig, mit dir hier zu sein … Ich wollte doch mit Jeff herkommen", sagt sie leise und ich nicke.

„Verstehe. Und stattdessen hast du nun mich an der Backe. Bestimmt ein ziemlich mieser Tausch, was?"

Sie streicht sich mit der Hand eine Haarsträhne hinters Ohr und sieht mich nachdenklich an.

„So meine ich das nicht. Es ist nur … ich hab mir das so schön vorgestellt. Er und ich unterm Weihnachtsbaum. Spaziergänge im Schnee. Ich hab sogar sein verdammtes Geschenk dabei, ich dumme Kuh. Weil ich irgendwie gehofft hab … Ach, egal.“

Zu meiner Bestürzung treten ihr Tränen in die Augen und ich räuspere mich verlegen. Ich bin nicht gut darin, andere zu trösten oder etwas Nettes zu sagen.

„Valerie …“, fange ich an, doch sie unterbricht mich sofort: „Nein, lass es, ja? Ich will keine mitleidigen Sprüche hören. Genau deshalb bist du ja hier, um das zu vermeiden. Also nicht du jetzt auch noch. Bitte, okay?“

Ich mustere sie.

„Okay. Aber wenn du quatschen willst, du weißt ja, wo du mich findest. Außer du massakrierst mich vorher.“

Ich lächele ihr zu und zu meiner bescheuerten Freude lächelt sie zurück.

„Wenn du brav bist, passiert dir auch nichts.“

Wir sehen uns noch einen Moment lang an, dann treten wir nach draußen und holen Valeries Gepäck aus dem Wagen.

Kapitel 5

Valerie

SO, HIER IST ES."

Ich öffne die Tür meines alten Jugendzimmers und lasse Julian den Vortritt. Er betritt mein früheres Reich und bleibt in der Mitte des Zimmers stehen. Die Tasche, die er mit der unverletzten Hand getragen hat, stellt er zu Boden und sieht sich interessiert um.

„Nett hast du es hier."

„Mhm, ja", murmele ich. Es ist ein merkwürdiges Gefühl, diesen mir im Grunde völlig fremden jungen Mann mit in mein Zimmer zu nehmen. Außerdem wird mir gerade mehr als bewusst, wie kitschig meine Bude ist. So ein richtiges Jungmädchenzimmer mit rosa Blümchentapete und weißer Spitzenbettwäsche. Mit Stofftieren, die auf der weißen, verschnörkelten Kommode sitzen. Und einem großen, mit Rosenranken verzierten Spiegel, vor dem ich früher getanzt und meine Modenschauen abgehalten habe.

Julian wirkt hier drinnen … etwas deplatziert, um es gelinde auszudrücken. Mit seiner Größe, der schlanken, muskulösen Figur, den dunklen Wuschelhaaren, den Motorradklamotten. Als hätte man ein falsches Abziehbildchen ins Heft geklebt. Jetzt wendet er sich zu mir um und in seinen Augen funkelt es amüsiert.

„Wirklich nett. Und das Bett … das ist doch breit genug für uns beide, oder nicht?"

Er grinst unverschämt, und zu meinem Ärger merke ich, wie meine Knie leicht zu zittern beginnen. Die Vorstellung von ihm und mir in diesem Bett … Nein! Nein, auf gar keinen Fall! Das wird nicht passieren, eher friert die Hölle zu. Ich kenne Typen wie Julian. Die machen sich einen Spaß daraus, Mädchenherzen zu brechen, und ich habe die Schnauze voll von Männern, die es nicht ehrlich meinen. Eigentlich habe ich generell die Schnauze voll von ihnen.

„Vergiss es. Du schläfst … auf dem Boden. Ich besorge dir eine weiche Unterlage und Decken und Kissen, und du wirst es wahnsinnig gemütlich haben, versprochen."

Er nickt, während seine schönen, grünen Augen spöttisch blitzen.

„Alles klar. Ich weiß schon, die scharfen Messer im Hause Davis."

Er lehnt sich mit der Hüfte gegen die Kommode, die neben ihm wie ein Gegenstand aus einer Puppenstube aussieht, und mustert mich.

„Schade eigentlich. Dabei gibt's hier viel schönere und schärfere Dinge als Messer."

Sein linker Mundwinkel hebt sich zu einem winzigen Lächeln und ich schlucke.

„Meinst du dich selbst?“, frage ich mit leicht zitternder Stimme und er lacht leise. Ein Schauer gleitet über meinen Rücken und meine Arme. Er hat ein verflixt schönes Lachen. Leicht rau. Sexy.

„Nein, ich meine dich“, sagt er schlicht und ich starre ihn perplex an. In mir steigt eine leise Ahnung auf, dass diese kommenden Tage eine ziemliche Herausforderung für mich werden könnten. Dieser Kerl hat etwas an sich, was mein Herz aus dem Takt und meinen Verstand zum Aussetzen bringt. Und das nach wenigen Stunden. Aufpassen, Valerie, noch einmal lässt du es nicht zu, dass ein hübscher Typ dir das Herz bricht.

„Danke“, sage ich deshalb knapp und füge hinzu: „Du kannst dir das Süßholzraspeln sparen, das zieht bei mir nicht.“

Er zuckt mit den Schultern.

„War einen Versuch wert“, sagt er und ich verdrehe die Augen. Immerhin ist er ehrlich.

„Hier sind deine Sachen“, sage ich und deute auf die Motorradtaschen, die mein Vater neben das Bett gestellt hat. Julian nickt.

„Danke. Ich werde jetzt erst einmal Maddison anrufen, sie macht sich sicher schon Sorgen.“

„Tu das. Ich gehe so lange raus.“

Er winkt ab.

„Musst du nicht, ich plaudere keine Geheimnisse aus.

Bleib ruhig hier."

Zögernd nicke ich und sehe zu, wie Julian sein Handy herausholt und gleich darauf seine Schwester in der Leitung hat. Während ich meine Tasche auspacke, höre ich notgedrungen mit halbem Ohr zu, und ich muss zugeben, es berührt mich, wie er mit Maddison redet. So liebevoll und ruhig. Seinen Worten entnehme ich, dass sie sich bereits sehr gesorgt hat, und es ist süß, wie Julian es offenbar schafft, sie zu beruhigen. Ich räume zwei Pullover in den Schrank und schlucke. Wenn die beiden ihre Eltern bei einem Unfall verloren haben, ist es kein Wunder, dass seine Schwester große Angst hatte. Mein schlechtes Gewissen meldet sich prompt zurück, denn ohne mich hätte er sicher eine Möglichkeit gefunden, doch noch zu ihr zu kommen. Auch ohne sein Motorrad. Wir leben hier zwar ziemlich ländlich, sind aber dennoch nicht auf dem Mond. Er ist nur meinetwegen hier, um mir zu helfen. Meine Gedanken schweifen zu meinen Eltern, die ich gerade belüge, was meinen Freund betrifft. Julian wäre sicher heilfroh, seine Eltern wären noch am Leben, und ich mache einen Aufstand wegen nichts. Ich blinzele und puste mir eine Haarsträhne aus dem Gesicht. Noch könnte ich zurück. Ihnen die Wahrheit sagen. Was würde schon groß passieren? Sie würden mich in die Arme nehmen, trösten und auf Jeff schimpfen. Mir zeigen, dass sie für mich da sind, und mich lieben. Was ist schon ein bisschen Mitleid gegen solch eine faustdicke Lüge? Mein Blick schweift zu Julian, der am Fenster steht. Mit der Hüfte lehnt er am

Fensterbrett und jetzt gleitet ein Lächeln über sein Gesicht. Er würde vermutlich auf der Stelle verschwinden, wenn ich meiner Familie erzählen würde, wer er wirklich ist. Dass ich ihn überhaupt nicht kenne und einen völlig Fremden bei ihnen einquartiert habe. Ich schlucke. Ich will nicht, dass er geht. Ich will nichts von ihm, aber … Frustriert schließe ich die Augen. Bin ich noch zu retten? Wem mache ich denn hier gerade am meisten was vor? Meiner Familie oder mir selbst? Bevor ich jedoch dazu komme, mir weiterhin den Kopf zu zerbrechen, beendet Julian das Gespräch und sagt: „Alles okay. Sie ist zwar traurig, dass ich nicht mitfeiere, aber in erster Linie ist sie froh, dass mir nichts passiert ist. Ich soll dich unbekannterweise von ihr grüßen."

„Danke", murmele ich. Was wird seine Schwester von mir denken? Dass ich mir ihren gut aussehenden Bruder krallen will? Bestimmt glaubt sie, ich sei ein frustriertes Mauerblümchen, das die einmalige Gelegenheit nutzen möchte. Genervt schüttele ich den Kopf. Unsinn. Außerdem kann es mir ja auch egal sein, was Julians Schwester über mich denkt, ich werde sie sowieso nie kennenlernen. Ich merke, wie Julian mich forschend mustert, und ringe mir ein Lächeln ab.

„Willst du dich ausruhen? Direkt nebenan ist ein Badezimmer, das benutze nur ich. Ich lege dir Handtücher raus. Zum Essen kann ich dich dann wecken, wenn du willst", plappere ich vor mich hin.

„Eine Dusche und ein wenig ausruhen wäre nicht verkehrt", sagt Julian, während ein amüsiertes Lächeln seine

Lippen umspielt. Findet der mich etwa witzig? Bestimmt glaubt er, ich könne es kaum erwarten, in der Nacht unter seine Decke zu kriechen. Da hat er sich aber geschnitten.

„Gut. Ich leg dir Handtücher raus. Bis nachher“, sage ich knapp.

„Äh, warte mal. Wo soll ich mich denn ausruhen? Dein Bett ist ja tabu, hast du gesagt.“

Seine Augen funkeln und ich schlucke.

„Das gilt nur, wenn ich drin schlafe, was ich ja nun nicht mache. Du kannst dich also hinlegen. Ich muss erst noch sehen, wo ich Kissen und Decken herbekomme.“

Er grinst.

„Ja, vor allem, wo du sie herbekommst, ohne dass deine Familie was davon mitbekommt, denn die würden sich sicher wundern, warum du deinen Freund auf dem Boden schlafen lässt. Wo wir doch so verliebt sind.“

Ich knirsche leise mit den Zähnen.

„Das lass mal meine Sorge sein. Bis nachher.“

Damit schieße ich aus dem Zimmer und knalle die Tür hinter mir zu. Der Kerl macht mich jetzt schon irre, wie soll das erst die kommenden Tage werden? Frustriert streiche ich mir eine Strähne aus dem Gesicht. Aber verflixt, er hat recht. Wenn jemand mitbekommt, dass er auf dem Boden schläft, habe ich Erklärungsbedarf. So allmählich beschleicht mich der Verdacht, dass das Ganze eine ziemliche Schnapsidee war. Als hinter mir die Tür klappt, zucke ich zusammen und fahre erschrocken herum. Julian steht hinter mir und mir bleibt fast der Mund offen stehen. Er hat die

Motorradkombi ausgezogen und steht in Boxershorts und Shirt vor mir - und verflixt ... sein Anblick lässt meine Knie weich werden. Seine dunklen Haare sind verwuschelt und eine einzelne Strähne fällt ihm bis über die Augen. Seine Figur ist ... wow. Genau so, wie ich es mag. Nicht zu muskulös, aber dennoch sportlich und trainiert. Aber am faszinierendsten sind die Tattoos. Sein kompletter linker Arm ist vom Schulterblatt bis zur Hälfte des Unterarms tätowiert. Mit Mustern, Formen und Motiven, die alle wunderschön und kunstvoll ineinander übergehen. Ich merke, wie sein Blick auf mir ruht, und räuspere mich.

„Das ... Wow, das sieht gut aus."

Ich deute mit der Hand auf seinen Arm und komme mir unglaublich bescheuert vor. Bestimmt denkt er, ich sei die letzte Landpomeranze, die in ihrem Leben noch kein Tattoo gesehen hat. Doch, das habe ich. Aber noch nie solch ein schönes. Und noch nie so einen Mann wie Julian. Verdammt. Ich merke, wie mir heiß wird. Das muss aufhören. Sofort!

„Wolltest du ins Bad? Moment."

Ich stürme in das kleine Badezimmer, reiße Handtücher aus dem Regal und werfe sie über das Waschbecken. Julian ist mir langsam gefolgt und lehnt im Türrahmen. Seine Blicke scheinen jede meiner Bewegungen einzufangen, und ich merke, wie nervös mich das macht.

„Danke. Freut mich, dass es dir gefällt", sagt er und ich nicke.

„Tut es. Okay, du hast das Bad für dich. Bis dann."

„Och, mich störst du nicht, kannst gern bleiben", sagt er grinsend und ich schneide ihm eine Grimasse.

„Vergiss es."

Damit stürze ich aus dem Bad und stürme so schnell ich kann die Treppe hinunter.

Unten gehe ich in die Küche, in der meine Mutter das Abendessen vorbereitet.

„Kann ich was helfen?", frage ich und sie hebt den Kopf.

„Ah, Schatz. Nein danke, lass nur, ich bin fast fertig. Das Essen muss nur noch in den Ofen. Es gibt Lasagne, die magst du doch so."

Ich lächele. Ja, die mag ich. Meine liebe Mom. Was mache ich nur? Ich lüge sie an aus einem absolut bescheuerten Grund.

„Mom, ich …", fange ich an, doch sie unterbricht mich.

„Wo steckt dein Schatz? Ach Gott, Valerie, ich freue mich, dass du so einen netten jungen Mann gefunden hast. Und gut sieht er aus, meine Güte."

Sie lächelt verschmitzt und ich nicke.

„Oh ja, das tut er." Das zumindest ist nicht gelogen. „Und er wollte duschen und sich etwas hinlegen. Sein Arm", sage ich und meine Mutter nickt verständnisvoll.

„Der Arme. Gott sei Dank ist nichts Schlimmeres passiert. Kannst du ihm dieses Motorrad nicht ausreden? Nicht auszudenken, wenn er damit verunglücken würde."

Meine Mutter schaut besorgt und ich schlucke.

„Ich glaube nicht, dass ich das kann, er hängt an der

Maschine. Hat sie sich lange zusammengespart. Und er fährt total gut und vorsichtig; dass er gestürzt ist, war einfach Pech, weil eben an der Maschine etwas defekt ist."

Ich weiß selbst nicht, warum ich das sage und Julian so verteidige. Er wird nach den Feiertagen nichts mehr mit meinen Eltern zu tun haben. Und mit mir auch nicht. Der Gedanke verursacht einen merkwürdigen Druck in meiner Brust und ich erhebe mich hastig.

„Ich gehe mal in den Stall die Pferde begrüßen."

Meine Mutter lächelt.

„Tu das. Wenn du deinen Vater und deinen Großvater siehst, sag ihnen, wir essen in einer Stunde."

„Okay, mach ich."

In der Diele nehme ich meine Jacke vom Haken und schlüpfe hinein, schlinge den Schal um den Hals und ziehe im Hinausgehen die Mütze auf den Kopf. Draußen pfeift ein ordentlicher Wind und der Schnee, der immer noch in dicken Flocken vom Himmel fällt, wird mir ins Gesicht gepustet. Vom Stall drüben dringt Licht nach draußen, und ich weiß, mein Vater und mein Großvater sind dort. Eilig überquere ich den Hof und schiebe gleich darauf die Tür des Stalles zur Seite und trete ein. Ich schließe das Tor hinter mir und atme tief den vertrauten Geruch ein. Ich liebe diesen Duft nach Heu, Stroh und Pferden. Schon als kleines Mädchen konnte ich mich stundenlang hier aufhalten. Hier habe ich mich hinverkrochen, wenn ich eine schlechte Note hatte oder Ärger mit Mom oder Dad. In Ruhe ein Buch lesen wollte, ohne dass mich jemand dabei gestört hat. Oder wenn ich Liebeskummer hatte. Und den hatte ich leider des Öfteren in den vergangenen Jahren. Ich trete an die erste Box und begrüße mit leiser Stimme das Pferd, das darin steht.

„Hallo, mein Junge. Wie geht es dir? Ich freu mich, dich zu sehen."

Apollo, der fast fünzehnjährige Wallach, tritt an die Boxentür und begrüßt mich mit einem leisen Schnauben. Er drückt seine Nüstern gegen meine Schulter und ich streichele seinen Hals. Apollo gehört eigentlich meinem Vater, aber im Grunde ist er ein Familienpferd, denn wir lieben ihn alle, und er ist das gutmütigste Tier, das man sich vorstellen kann. Während ich meine Wange an den großen Pferdekopf lehne und dem Pferd die Mähne kraule, muss ich an Julians Worte von vorhin denken. Er meinte, offensichtlich würde ich bei der Wahl meiner Freunde unter Geschmacksverirrung leiden, und damit hat er wohl den Nagel auf den Kopf getroffen. Ich drücke mein Gesicht gegen Apollos Hals und seufze. Irgendwie habe ich ein Talent dafür, mir Typen auszusuchen, die mich nicht wertschätzen. Warum das so ist, kapiere ich selbst nicht. Ich bin einfach ein ganz normales Mädchen, ich wünsche mir jemanden, der mich liebt, dem ich vertrauen kann und dem auch ich alles geben will. Aber Tatsache ist, dass fast alle Jungs, mit denen ich bisher zusammen war, sich letztendlich als Idioten entpuppt haben, die mich entweder betrogen, belogen oder ausgenutzt haben.

„Was mache ich falsch? Erwarte ich zu viel? Bin ich zu

naiv oder einfach nur dämlich? Hast du eine Ahnung, woran es liegen könnte, dass ich kein Glück mit Männern habe?"

Anstatt einer Antwort schnaubt Apollo leise und ich seufze erneut. Zwei verflixt schöne grüne Augen, in denen es amüsiert funkelt, schieben sich in meine Gedanken, und ich höre eine leicht raue, sexy Stimme sagen: „Versuch es mit mir, Schneewittchen. Vielleicht sind die vermeintlich bösen Jungs im Grunde die besseren Typen als die, die so lieb und anständig wirken. Wölfe im Schafspelz halt, du kennst das sicher. Vorn hui, hinten pfui. Die lügen dir ins Gesicht und lächeln dabei so unschuldig wie die Jungfrau Maria. Mit mir wirst du immer wissen, woran du bist, darauf kannst du deinen hübschen Arsch verwetten. Und ich glaube, das hast du auch bereits gemerkt. Ich hab's nicht so mit Um-den-heißen-Brei-Herum-reden."

Die sinnlichen Lippen verziehen sich in meinem Gedanken zu einem verdammt süßen Lächeln und ich schlucke.

„Blödsinn. Als ob. So wie du aussiehst, hast du vermutlich an jedem Finger zehn Weiber. Und treu wirst du auch nicht sein. Und überhaupt, ich kenn dich gar nicht, wieso sollte ich dir glauben? Vermutlich bist du der gefährlichste aller Wölfe, und ich hab nicht vor, mich von dir fressen zu lassen. Vergiss es also, Julian Carter, und komm mir bloß nicht zu nahe", zische ich.

Als sich hinter mir jemand räuspert, fahre ich erschrocken herum. Mein Großvater steht hinter mir und sieht mich aufmerksam an. Sein liebes, runzeliges Gesicht drückt Verwunderung aus.

„Mit wem redest du, Kind? Wer ist Julian Carter?"

Verflixt, das geht ja gut los.

„Ähm … so ein Typ, den ich kenne. Der mir manchmal Komplimente und so macht, du weißt schon. So ein aufdringlicher Kerl, der denkt, er wäre der Größte. Idiot halt."

„Aha."

Mein Großvater kommt näher und stellt sich neben mich. Seine raue, schwielige Hand streicht erstaunlich sanft durch Apollos Mähne über der Stirn.

„So egal scheint dir dieser Idiot ja aber nicht zu sein, wenn du über ihn nachdenkst und sogar mit dir selbst sprichst."

„Nein. Ich meine, doch, der ist mir total egal. Was soll ich auch mit dem, ich hab ja Jeff."

Mein Großvater nickt.

„Eben. Du hast ja Jeff. Das scheint ein netter Junge zu sein. Soll aber nur nicht so rasen mit dem Baby da drüben."

Er deutet mit dem Kinn in die Ecke, in der Julians Ninja steht.

„Tut er nicht. Er ist nur gestürzt, weil an der Maschine etwas nicht in Ordnung ist."

Grandpa nickt wieder.

„Mit dir im Auto fahren wollte er nicht?"

Er sagt es beiläufig, aber mir ist etwas unwohl. Mein Großvater kannte mich schon immer besser als ich mich selbst, und ihm etwas vorzumachen ist fast unmöglich.

„Nein. Er hat nicht so oft Gelegenheit, die Maschine auszufahren, die Arbeit und der ganze Stress und so. Na ja. Beim nächsten Mal lasse ich ihn nicht mehr mit dem Motorrad fahren“, murmele ich. Grandpa streicht mit den Fingern durch Apollos Mähne.

„Gut. Du wirst wissen, was zu tun ist. Bist ja ein kluges Mädchen. Und dein Jeff ist sicher auch ein kluger Junge. Ihr macht das schon richtig.“

Ich lächele gequält. Ja, mein Jeff und ich, wir machen das mit Sicherheit richtig. Mein Großvater legt mir den Arm um die Schulter, drückt mich an sich und gibt mir einen Kuss auf die Stirn.

„Du fehlst uns, seitdem du nicht mehr hier wohnst.“

Ich lehne meinen Kopf an seine Schulter.

„Ihr fehlt mir auch. Aber jetzt hab ich wieder mehr Zeit, wo ich nicht mehr so viel lernen muss, und komme euch ganz oft besuchen.“

Er lächelt.

„Das ist schon richtig so, Valerie. Junge Leute müssen raus aus dem Nest. Fliegen lernen. Und manchmal darf man dabei auch hinfallen, die Welt verfluchen und traurig sein. Wichtig ist, danach wieder aufzustehen und weiterzumachen. Und wenn man dafür eine helfende Hand in Anspruch nehmen muss, ist das überhaupt nicht schlimm.“

Er tätschelt mir den Rücken und ich kaue auf meiner Unterlippe herum. Die Unterhaltung schürt mein schlechtes Gewissen ins Uferlose und am liebsten würde ich ihm alles erzählen. Von dem echten Jeff, der mich sitzen gelassen hat. Von meiner Befürchtung, wieder einmal zum bemitleidenswerten Opfer von Lindsay und Mom zu werden. Von Julian, der mich so durcheinanderbringt wie noch keiner vor ihm, obwohl ich ihn kaum kenne. Und der mir trotz seiner offensichtlich ziemlich großen Klappe ohne lange zu zögern aus der Patsche geholfen hat. Ich überlege, wie ich es formulieren könnte, ohne dass es allzu beschränkt klingt, doch da sagt mein Großvater bereits: „Komm, begrüßen wir Cindy. Sie wird in den kommenden Tagen ihr Fohlen bekommen. Vielleicht wird es ja ein Christkind."

Er zieht mich mit sich und ich folge ihm stumm. Wir treten an die Box der hübschen weißen Stute und sie begrüßt uns mit einem leisen Wiehern.

„Na, mein Mädchen. Bald ist es so weit. Du machst das prima, wir alle freuen uns schon sehr auf dein Kleines."

Mein Großvater spricht mit seiner rauen, warmen Stimme leise mit der Stute und ich betrachte die beiden lächelnd. Hier ist mein Zuhause, und ich weiß, hier werde ich geliebt. Und doch belüge ich die Menschen, die mir am nächsten stehen. Verdammt noch mal.

„Grandpa, ich …"

Ich habe meinen Satz kaum angefangen, als sich von hinten zwei Arme um meine Taille legen und jemand mich gegen eine harte, muskulöse Brust zieht. Ein wunderbarer Duft nach Duschgel und einem Hauch frisch-herbem Eau de Toilette steigt in meine Nase, und wider Willen merke ich, wie ich fasziniert diesen Geruch einatme. Aber nur so lange, bis sich warme Lippen sanft auf die kleine Kuhle unter meinem Ohr legen, und eine leise Stimme sagt: „Hey, Babe, ich hab dich vermisst. Wollte mal sehen, wo mein süßes Schneewittchen abgeblieben ist."

Ich höre deutlich die Belustigung in Julians Stimme und beiße frustriert die Zähne zusammen. Dieser Schuft nutzt meine Lage schamlos aus. Klar, dass ihm das Spaß macht. Arsch. Mit einer geschmeidigen Bewegung löse ich mich von ihm, drehe mich um und funkele ihn wütend an.

„Hey. Du hast mich vermisst? Ich dachte, du wolltest dich ausruhen."

Ich merke selbst, wie säuerlich ich klinge und auch, dass Grandpa mich verwundert ansieht.

„Wollte ich. Aber ohne dich ist es verflixt einsam. Deshalb bin ich hier."

Julians Lächeln ist so charmant, dass ich um ein Haar zurückgelächelt hätte. Aber nur um ein Haar. Außerdem sieht er schon wieder so verboten gut aus, dass es einfach nicht fair ist. Statt der Motorradklamotten trägt er nun eine dunkelblaue Daunenjacke, einen ebenfalls dunkelblauen Rollkragenpullover und eine ausgewaschene Jeans. Seine dunklen Haare kringeln sich leicht auf dem Jackenkragen und seine Augen blitzen frech.

„Aber Schatz, du musst doch deinen Arm schonen."

Ich klimpere mit den Augenlidern und sage zu meinem Grandpa: „Jeff hat sich den Arm geprellt. Tut ganz schön weh."

Was vermutlich wirklich so ist, auch wenn mein sexy Gegenüber so gar keinen leidenden Eindruck macht. Im Gegenteil, er sieht aus, als würde er gerade erst zu Höchstform auflaufen.

„Du hattest verdammtes Glück, Junge. Der Sohn unserer Nachbarn, zehn Meilen von hier, der hat sich bei einem Motorradunfall fast den Hals gebrochen. Du hast ja nun Verantwortung für meine Enkelin, also hoffe ich, du fährst vernünftig und rast nicht wie ein junger Stier. Und Motorradfahren im Dezember, wo das Wetter jederzeit schlecht werden kann, also wirklich."

Grandpa schaut strafend und Julian sieht etwas zerknirscht aus.

„Sie haben natürlich recht, Sir. Ich werde vorsichtig sein, versprochen. Ich will ja Ihre Enkelin noch sehr lange, sehr, sehr glücklich machen."

Er zwinkert mir zu, und ich fühle, wie meine Ohren heiß werden. Mein Großvater lacht.

„Ja, dann halte dich ran. Da hast du nämlich einen richtigen Schatz gefunden. Unsere Valerie ist ein gutes Mädchen, das dich auch glücklich machen wird, wenn du es richtig anstellst und es nicht vermasselst."

„Das hab ich nicht vor, Sir."

Grandpa winkt ab.

„Lass mal dieses ‚Sir' weg, in Ordnung? Wir sind hier nicht so förmlich wie in der Stadt. Ich bin Henderson und fertig."

„Einverstanden. Danke. Ich bin Jul… äh, Jeff."

Julian wechselt einen schnellen Blick mit mir, und ich halte für Sekunden die Luft an, sehe erschrocken zu Grandpa. Doch er scheint nichts bemerkt zu haben, denn er nickt lächelnd und schüttelt Julians gesunde Hand.

„Willkommen bei uns, Jeff."

Julian lächelt etwas verlegen und ich atme auf. Noch mal gut gegangen.

„Wo steckt ihr alle? Mom wartet mit dem Essen. Auf geht's."

Mein Vater erscheint und winkt uns mit sich. Julian und ich laufen nebeneinander, und ich kann nichts dagegen machen, als er meine Hand nimmt und sie fest in seiner hält. Und merkwürdigerweise fühlt es sich nicht schlimm an. Ganz im Gegenteil. Aber das geht doch nicht. In ein paar Tagen wird er von hier weggehen und ich werde ihn nie wiedersehen. Und ich will und kann nicht schon wieder ein gebrochenes Herz verkraften.

Drinnen warten bereits meine Mutter und meine Grandma, die Julian und mich freudig begrüßt.

„Da seid ihr ja. Warum weckt mich denn niemand, wenn Valerie mit ihrem hübschen Freund nach Hause kommt", zetert Granny und Mom sagt: „Weil du die halbe Nacht lang Kekse gebacken hast und wir dich nicht stören wollten. Val und Jeff sind noch länger hier, da kommt es doch auf ein paar Stunden nicht an."

Granny winkt schnaubend ab, packt Julian an den Armen und dreht ihn prüfend hin und her. Er wirft mir einen leicht irritierten Blick zu und ich hebe grinsend die Schultern.

„Gut siehst du aus. Wirklich, dich hätte ich auch nicht von der Bettkante geschubst, als ich noch jung und hübsch war.“

Ich reiße die Augen auf und Mom sagt: „Also, Millie, ich muss doch bitten.“

Sie schüttelt den Kopf und Grandma brummt: „Was denn? Darf man nicht die Wahrheit sagen? Ist dir das peinlich, Jeff?“

Julian lacht leise und schüttelt den Kopf.

„Im Gegenteil, Ma⊠am. Ich nehme das als Kompliment.“

Grandma lacht.

„So war es gedacht. Zum Glück bist du nicht so vertrocknet, wie ich befürchtet hatte.“

Mom verdreht die Augen und holt die Lasagne aus dem Ofen.

„Hatten Sie das befürchtet? Warum?“, fragt Julian und Grandma zuckt mit den Schultern.

„Na ja, du bist Steuerberater, was soll man da erwarten? Aber du bist alles andere als so eine vertrocknete Pflaume. Zum Glück für meine Enkeltochter.“

Ich starre sie an, Julian starrt sie an, dann brechen wir beide gleichzeitig in lautes Lachen aus, während meine Mutter im Hintergrund leise vor sich hinschimpft. Grannys Augen funkeln vergnügt und sie sagt: „Nenn mich Millie, Junge. Sonst fühle ich mich wie eine vertrocknete Pflaume.

Was ich ja auch bin, aber wer will sich schon so fühlen?"

Julian japst nach Luft und sagt: „Millie. Und du siehst überhaupt nicht wie eine vertrocknete Pflaume aus, im Gegenteil, du bist eine äußerst attraktive Frau."

Granny grinst.

„Immerhin hast du dieses furchtbare ‚für dein Alter' weggelassen. Der Punkt geht an dich, mein lieber Jeff."

Sie wendet sich an mich.

„Valerie, Schatz, da hast du dir einen tollen jungen Mann gesucht. Nicht so olle Dummbrösel wie sonst immer. Den musst du behalten."

Meiner Mutter reicht es jetzt. Sie fasst Granny am Arm und sagt: „Willst du dich nicht setzen, Oma? Wir wollen essen."

Sie sieht etwas verstört aus und ich grinse in mich hinein. Meine Großmutter hat noch nie ein Blatt vor den Mund genommen und wird das vermutlich nie tun. Aber Julian hat offenbar direkt einen Stein bei ihr im Brett, was mich einerseits freut, andererseits die Sache noch komplizierter macht, als sie schon ist.

Nachdem alle sitzen, stellt Mom die riesige Auflaufform mit Lasagne auf den Tisch und eine große Schüssel mit gemischtem Salat. Es duftet lecker nach Essen, vermischt mit dem Geruch nach frischen Tannenzweigen, die überall im Haus verteilt stehen. Im Fenster brennt ein Lichterbogen und es ist richtig schön und gemütlich. Julian sitzt neben mir und unterhält sich angeregt mit meiner Familie, während ich eher still bleibe. Ich stochere in meiner geliebten Lasagne herum und betrachte die meiste Zeit die Menschen, die mir so nahestehen. Und besonders den einen, der mir eigentlich gar nicht nahesteht, mich aber ganz schön durcheinanderbringt.

Nach dem Essen helfe ich Mom beim Abräumen und auch Julian bietet seine Hilfe an. Mom ist erfreut darüber, lehnt aber dankend ab.

„Um Gottes willen, du hast einen verletzten Arm. Da wirst du sicher nicht meine Küche aufräumen. Geh, und setz dich zu den Männern ins Wohnzimmer. Wir machen das hier schon."

Julian nickt und sagt: „Das Essen war hervorragend. Vielen Dank."

„Oh nein, nicht dafür. Ich freue mich sehr, dass du hier bist."

Sie wirft einen Blick zu mir und ich nicke. Oh ja. Ich auch. Ich muss noch Bettzeug irgendwo herbekommen, ohne dass es auffällt. Nachdem die Küche blitzt und blinkt und meine Mutter sich zu den anderen ins Wohnzimmer gesellt, eile ich nach oben und suche in der Kammer nach Bettzeug. Ich werde fündig mit zwei dicken Bettdecken, einem Kissen und einer warmen Fleecedecke. Damit müsste man arbeiten können. Vorsichtig peile ich hinaus, um zu sehen, ob die Luft rein ist. Dann schleppe ich alles hastig in mein Zimmer und richte auf dem Boden ein Nachtlager. Prüfend trete ich einen Schritt zurück und betrachte mein Werk. Sieht gemütlich aus.

„Ist das für mich?"

Ich fahre herum und betrachte Julian, der lässig im Türrahmen lehnt. Die Hände hat er in den Taschen seiner Jeans vergraben und sein Blick ruht forschend auf mir.

„Ähm, ja. Also wenn du willst, kannst du auch das Bett haben. Wegen deinem Arm, mein ich. Dann schlafe ich hier."

Ich blinzele unsicher, als er sich abstößt, die Tür hinter sich schließt und langsam näher kommt. Verflixt, er riecht gut. Und er sieht gut aus. Viel zu gut. Mein Hals ist ganz trocken und ich räuspere mich. Julian bleibt mir gegenüber auf der anderen Seite des Nachtlagers stehen und betrachtet mich. Mit Mühe widerstehe ich dem Impuls, mir verlegen in den Haaren herumzunesteln, und sehe ihm in die Augen. Der soll bloß nicht denken, dass er mich nervös machen würde. So weit käme es ja noch. Ich doch nicht. Trotzig schiebe ich die Unterlippe vor und weiche seinem Blick nicht aus. Das Licht im Zimmer ist dämmrig, dennoch kann ich dieses wunderschöne tiefe Grün seiner Augen erkennen. Er mustert mich, dann hebt sich sein Mundwinkel zu diesem Lächeln, das mir jetzt schon andauernd weiche Knie beschert.

„Geht klar. Ich penne auf dem Boden, du bekommst natürlich das Bett. Ist ja auch deins."

Sein Lächeln ist offen und … irgendwie süß und mein blödes Herz schlägt einen Salto.

„Äh. Okay. Dann haben wir das ja geklärt."

„Haben wir. Wenn es dir nichts ausmacht, lege ich mich schon mal hin. Bin echt ziemlich durch."

Ich nicke.

„Natürlich. Ich auch."

Ich sehe ihm nach, wie er sich an seinen Taschen zu schaffen macht und dann in Richtung Badezimmer verschwindet. Dass er es mir so leicht macht, hätte ich nicht gedacht. Vielleicht habe ich mich getäuscht und er will überhaupt nichts von mir. Bestimmt bin ich ihm viel zu langweilig und brav. Und zu meiner Schande spüre ich, wie Enttäuschung in mir aufsteigt. Ich dumme Nuss.

Nachdem Julian in Boxershorts und Shirt zurück ist, legt er sich gleich hin, und auch ich gehe schnell ins Bad. Ich dusche, schlüpfe in mein kuscheliges Flanellnachthemd und husche zurück ins Zimmer, wo ich direkt ins Bett steige und mir die Bettdecke bis unter die Nase ziehe. Verdammt, warum habe ich nur dieses monströse Nachthemd mitgenommen? Ich liebe es, aber von sexy ist es so weit entfernt wie von hier bis zum Mount Everest. Ich werfe einen vorsichtigen Blick zu Julian, der auf dem Rücken liegt und den gesunden Arm unter den Nacken geschoben hat. Die Augen hat er geschlossen und sieht plötzlich so jung und verletzlich aus. Ich muss an seine Eltern denken, die schon lange tot sind. Wie schlimm muss das für ihn gewesen sein. Mit leicht zitternden Fingern taste ich nach der Nachttischlampe und sage leise: „Gute Nacht. Schlaf gut."

„Ach, klar, ich kann überall pennen. Schlaf du auch gut, Schneewittchen."

Er klingt schläfrig und ich muss lächeln. Dann schalte ich das Licht aus und bin gleich darauf eingeschlafen.

Kapitel 6

Julian

ICH BLINZELE VERSCHLAFEN, REIBE MIR ÜBER DIE Augen und kneife sie dann wieder zu. Fuck, hab ich einen Scheiß geträumt. Ich habe geträumt, ich hätte einen Motorradunfall gehabt und wurde danach von Schneewittchen entführt. Von einem verflixt hübschen Schneewittchen wohlgemerkt. Sie hat mich mit zu sich genommen, leider nicht in ihr Bettchen, sondern ich musste bei den anderen Zwergen auf dem Boden pennen. Moment! Was? Ich reiße die Augen auf, rappele mich hoch und stütze mich auf den Ellenbogen ab. Dabei schießt ein scharfer Schmerz durch meinen linken Arm und ich lasse mich mit einem leisen Stöhnen in die Kissen zurücksinken. Dort bleibe ich ruhig liegen und starre an die Decke. Fuck, das war gar kein Traum. Ich habe mich wirklich übel abgelegt und Schneewittchen hat mich aufgegabelt. Okay, Zwerge scheint es hier keine zu geben, aber der Rest ist gar nicht mal so verkehrt. Vorsichtig hebe ich den Kopf und schiele in Richtung Bett. Dort kann ich im Dämmerlicht nur eine zusammengeknüllte Bettdecke erkennen und ein hübsches, schlankes Bein, das unter ebendieser hervorschaut und über den Rand des Bettes baumelt. Ich betrachte es und ein Lächeln gleitet über mein Gesicht. Schneewittchen. Während ich auf Valeries Bett starre, merke ich, wie sehr ich mich auf den Tag mit ihr freue. Ich wende den Blick ab und streiche mir genervt durch die Haare. Ich muss verrückt geworden sein. Mir hat noch nie eine Frau wirklich etwas bedeutet, ich habe auch überhaupt keinen Bock auf diesen ganzen Gefühlsscheiß. Das macht einen nur angreifbar und verletzlich, sonst hat man überhaupt nichts davon. Meine Gedanken schweifen zu meinen Eltern, und ich fühle, wie sich ein leichter Druck in meiner Brust aufbaut. Ich sehe meine Mutter vor mir, ihr liebes Gesicht, höre ihr fröhliches Lachen. Sehe meinen Vater, von dem ich so vieles geerbt habe. Das Aussehen, die manchmal etwas forsche Art, die Leidenschaft für Motorräder. Er war der Held meiner Kindheit und irgendwie ist er es bis heute geblieben. Diese beiden Menschen zu verlieren war das Entsetzlichste, was mir hätte passieren können. Und es ist mir passiert. Noch mal werde ich den Scheiß nicht mitmachen. Deshalb, je weniger Gefühle man für jemanden entwickelt, desto besser. So sieht's aus. Mein Blick schweift erneut zu Valerie, die sich bewegt und im Schlaf vor sich hin murmelt. Ich schlage die Bettdecke zurück, erhebe mich und trete leise neben ihr Bett. Während ich sie betrachte, merke ich, wie das

Druckgefühl in meiner Brust nachlässt. Sie hat etwas an sich, was mir guttut, keine Ahnung, was zur Hölle das ist. Ich mag sie. Ja, ich glaube, das kann ich behaupten. Ihre langen, dunklen Haare breiten sich wie eine seidige Flut über dem weißen Kissen aus, ihre Wangen sind leicht rosa gefärbt. Okay, vermutlich bilde ich mir das ein, denn so genau kann ich das in dem Licht nicht erkennen. Ich schüttele den Kopf. Allmählich verhalte ich mich wie ein verknallter Trottel. Wird Zeit, dass ich wieder zur Vernunft komme. Etwas widerwillig wende ich mich ab und gehe zum Fenster, um hinauszuschauen. Ich schiebe den Vorhang zur Seite und spähe nach draußen. Es hat ordentlich geschneit in der Nacht, alles ist weiß und sieht aus wie ein Winterweihnachtsmärchen. Henderson und Phil schaufeln Schnee vorm Stall, während Millie gerade in selbigem verschwindet. Ich lasse den Vorhang los, werfe noch einen letzten Blick auf Valerie und verlasse das Zimmer. Vielleicht kann ich irgendwo einen Kaffee auftreiben, um wieder einen klaren Gedanken fassen zu können. Nachdem ich kurz im Bad war, gehe ich nach unten und klopfe leise an der Küchentür an.

„Martha?"

Ich strecke den Kopf hinein, doch der Raum ist leer. Es duftet nach frischem Kaffee und mir läuft das Wasser im Mund zusammen. Ich bin ein echter Kaffeejunkie und ohne das schwarze Gebräu komme ich morgens nicht in die Gänge. Nachdem offenbar alle ausgeflogen sind, beschließe ich, mich selbst zu bedienen. Immerhin gehöre ich ja nun zur Familie. Ich grinse in mich hinein, dabei - und den Gedanken möchte ich lieber nicht vertiefen - fühlt sich die Vorstellung hierherzugehören, gar nicht mal so übel an. Bei einer Vorstellung wird es aber auch bleiben. Ich bin nicht Jeff und Valerie ist nicht mein Mädchen. Ich lasse die Hand mit der Tasse sinken, in die ich gerade Kaffee einfüllen wollte. Wäre es wirklich so schlimm, sich zu binden? Jemanden zu lieben? Geliebt zu werden? Missmutig schüttele ich den Kopf. Ich kenne dieses Mädchen erst seit ein paar Stunden und sie vernebelt mir völlig den Verstand. Das muss aufhören, verdammt. Ich gieße den dampfenden Kaffee in die Tasse, stelle die Kanne zurück und nehme genüsslich den ersten Schluck, als die Küchentür auffliegt und eine junge Frau hereinstürmt. Wir erschrecken uns beide, und während sie leise aufschreit, verschlucke ich mich an dem heißen Kaffee und unterdrücke gerade noch einen deftigen Fluch. Bei ihrem verdutzten Gesicht fällt mir ein, dass ich nur in Boxershorts und Shirt hier stehe, was sie ganz offensichtlich auch registriert, denn ihr Blick gleitet von oben nach unten und wieder zurück. Ich stelle die Tasse weg und kratze mich am Kinn.

„Äh. Hi. Nein, ich bin kein entsprungener Anstaltsinsasse, ich wollte mir nur schnell einen Kaffee holen. Sorry, hätte mir was überziehen sollen, aber ich dachte, ich bin eh schnell wieder oben. Ich bin Jul… Jeff“, sage ich lässig und setze mein schönstes Lächeln auf. Verflixt, an diesen bescheuerten Namen werde ich mich nie gewöhnen.

„Ach, Jeff, richtig. Entschuldige, ich habe nicht damit gerechnet, dich hier so anzutreffen … Ich bin Lindsay."

Das „so" zieht sie aussagekräftig in die Länge und ich zucke entschuldigend mit den Schultern. Aha, Lindsay, die ältere Schwester, die mein Schneewittchen gerne an den Mann bringen möchte. Sie kommt näher und streckt mir die Hand hin, dabei mustert sie mich unauffällig. Ich ergreife ihre Hand und schüttele sie.

„Freut mich. Entschuldige noch mal den Aufzug, bin erst aufgewacht."

„Ah, ja. Mom hat mir am Telefon schon erzählt, dass du einen Unfall hattest. Aber so ist alles gut?"

Sie lächelt und mir fällt die Ähnlichkeit mit Valerie auf.

„Ja, alles okay. Mein Arm ist schon viel besser, euer Wunderdoc hat mir perfekte Drogen verordnet."

Ich grinse und sie lacht.

„Das freut mich. Den Arm wirst du auch brauchen, denn wir haben so einiges vor."

Ich beuge mich neugierig vor.

„Ach ja? Was denn?"

Sie lehnt sich neben mich an die Arbeitsplatte und grinst.

„Na ja, zum Beispiel einen Weihnachtsbaum schlagen. Das ist immer ein Abenteuer für sich, glaub mir. Und sieh nach draußen. Das perfekte Wetter für unsere traditionelle vorweihnachtliche Schneeballschlacht."

Ich runzele die Stirn.

„Ihr habt eine Schneeballschlacht zur Tradition?"

„Ja, klar. Hat Val dir nichts davon erzählt? Das sind nicht nur wir hier, sondern wir treffen uns mit allen Nachbarn im näheren Umkreis und dabei geht es dann Frauen gegen Männer. Es gibt Punsch und ein Winterbarbecue. Es geht nicht ums Gewinnen oder Verlieren, es macht einfach Spaß und gehört seit Jahren dazu."

Ich streiche mir durch die Haare.

„Aha. Klingt interessant."

Im Grunde habe ich darauf so viel Bock wie auf Zahnschmerzen, aber das dürfte Lindsay kaum verstehen. Ich bin nicht der Typ für solche nachbarschaftlich-freundschaftlichen Treffen, bei denen der neuste Klatsch und Tratsch ausgetauscht wird und alle sich ja ach so lieb haben. Bevor wir weiterplaudern können, öffnet sich die Tür erneut, und ein Mann und zwei Kinder erscheinen.

„Ah, da seid ihr ja. Das ist Valeries Jeff. Jeff, das sind mein Mann Andrew und unsere Kinder Erin und Matt. Sagt Guten Morgen zu Jeff."

Andrew schüttelt mir die Hand und ist mir auf den ersten Blick sympathisch. Er ist etwas kleiner als ich, hat rote Haare und fröhlich blitzende braune Augen. Auf dem Arm trägt er einen kleinen Jungen, der ihm wie aus dem Gesicht geschnitten ist und ebenfalls fröhlich lächelt, während das dunkelhaarige Mädchen neben ihm mich scheu mustert.

„Hi, Erin", sage ich lächelnd und sie lächelt zaghaft zurück.

„Hallo. Ist dir nicht kalt?“, fragt sie leise und ich lache.

„Doch. Ich wollte auch nur schnell einen Kaffee holen. Ja, ich gehe mich mal anziehen.“

Gerade als ich ausgesprochen habe, taucht Valerie in der Tür auf. Sie trägt noch dieses komische Oma-Flanellnachthemd und wirkt ganz aufgelöst. Ihr Blick irrt durch die Küche, und mir wird klar, sie dachte, ich wäre klammheimlich abgehauen. Als sie mich entdeckt, atmet sie hörbar auf und wird rot. Trotz der modischen Geschmacksverirrung an ihrem sexy Körper sieht sie zum Anbeißen aus.

„Süße, hallo.“

Lindsay umarmt ihre Schwester und Valerie sieht mir über deren Schulter in die Augen. Ich zwinkere ihr zu und sie guckt böse. Nachdem sie auch Andrew und die Kinder begrüßt hat, tritt sie neben mich. Ich lege ihr den Arm um die Schultern und ziehe sie an mich. Sie versteift sich kurz, entspannt sich dann aber und lehnt sich leicht gegen mich. Es fühlt sich gut an, sie im Arm zu halten. Ziemlich gut sogar.

„Warum hast du mich nicht geweckt? Ich hätte uns Frühstück machen können“, sagt sie, während Lindsay uns ungeniert mustert.

„Du hast noch so süß geschlafen, ich wollte dich nicht stören“, antworte ich und streiche ihr sanft eine Haarsträhne aus der Stirn. Sie zuckt etwas zurück und ihre Augen schießen Blitze. Ich lächele breit, und sie verkneift sich angesichts ihrer neugierigen Schwester die Ansage, die sie mir sicher gerne gemacht hätte.

„Das ist aber lieb von dir. So rücksichtsvoll“, flötet sie und ich nicke.

„So kennst und liebst du mich doch, nicht wahr? Nur das Beste für meinen Engel.“

Ich grinse und kann förmlich ihre Gedanken hören, mit denen sie mir alle möglichen schrecklichen Dinge antut.

„Übertreib es nicht“, zischt sie leise und ich lächele noch breiter.

„Mir würde so einiges einfallen, was wir treiben könnten“, erwidere ich so leise, dass nur sie es verstehen kann. Ihre schönen blauen Augen verdunkeln sich, und für einen Moment denke ich, sie wird mich entweder küssen oder mir eine scheuern. Leider erscheint mir die letztere Möglichkeit um einiges wahrscheinlicher. Stattdessen lächelt sie jedoch süß und sagt: „Ja, so kenne ich dich. Baby.“

Ich merke, dass Lindsay ein klein wenig irritiert wirkt, und sage locker: „Ja, dann gehe ich mal nach oben und ziehe mich an. Val, deine Schwester hat mir von eurem traditionellen Schnellballschlachtstreffen mit den Nachbarn erzählt. Hast du gar nicht erwähnt.“

„Hab ich vergessen“, murmelt sie, tritt einen Schritt von mir weg und verschränkt die Arme vor der Brust. Ihrem Blick nach zu schließen ist ihr ihr Aufzug peinlich und für Sekunden zuckt mir eine bissige Bemerkung durch den Kopf. Ihr unsicherer Gesichtsausdruck lässt mich jedoch den Mund halten, stattdessen fasse ich kurz nach ihrer Hand und drücke sie sanft, bevor ich sage: „Bin dann oben. Bis gleich.“

Sie sieht mich forschend an, dann gleitet ein Lächeln über ihr Gesicht.

„Bis gleich.“

Ich nicke Lindsay und ihrer Familie zu und sprinte die Treppe nach oben, hole meine Klamotten und verschwinde im Badezimmer.

Kapitel 7

Valerie

Aufatmend lasse ich mich auf einen Küchenstuhl fallen und stütze den Kopf in die Hände. Der Kerl macht mich fertig. Als ich vorhin aufwachte und feststellte, dass er nicht da war, war ich mir sicher, er hat die Biege gemacht. Und mich hängen lassen. Und das hat sich so unfassbar schrecklich angefühlt. Nicht mal so sehr, weil er mich damit vor meiner Familie als Lügnerin entlarvt hätte, sondern aus dem Grund, weil ich dachte, er wäre ohne Abschied und ohne die Möglichkeit, irgendwie Kontakt aufzunehmen, gegangen. Und ob ich es zugeben will oder nicht, die Vorstellung hat wehgetan. Ich bin regelrecht panisch aus dem Bett gesprungen, die Treppe nach unten gestürmt, und dann stand er hier. Einfach so. In Boxershorts und T-Shirt. Mit diesem unverschämten Lächeln im Gesicht, dieser unwiderstehlichen Samtstimme, und hatte die Frechheit, mich in den Arm zu nehmen und mich so eng an sich zu drücken, dass ich mir eingebildet habe, die Wärme seiner Haut zu spüren. Und mir ist verdammt heiß geworden. Mein Blick gleitet an mir hinunter. Und zu allem Elend trage ich dieses grottenhässliche Flanellnachthemd.

„Oh mein Gott", flüstere ich und vergrabe das Gesicht in den Händen. Ich werde die Weihachtstage nicht überleben. Definitiv nicht. Julian wird mich entweder in den Wahnsinn treiben oder ich werde mich unwiderruflich in ihn verlieben, und er wird mich mit gebrochenem Herzen zurücklassen, wenn seine Maschine repariert ist und er sich mit diesem hinreißenden Lächeln verabschieden wird. Was habe ich mir nur dabei gedacht, ihn zu bitten, meinen Freund zu spielen? Wie bescheuert kann man eigentlich sein?

„Valerie? Was ist denn los?"

Ich zucke erschrocken zusammen. Meine Schwester. Mist, die habe ich ganz vergessen.

„Nichts", stoße ich hervor. „Ich hatte nur viel Stress in letzter Zeit. Alles gut."

Lindsay mustert mich mit Argusaugen und diesem Röntgenblick, dem niemals etwas entgeht. Andrew und die Kids haben die Küche inzwischen verlassen und ich höre sie draußen rumoren. Grandpa und Dad sind ins Haus gekommen und machen Späße mit den Kindern.

„Bist du sicher?"

„Klar."

Ich zwirbele nervös eine Haarsträhne zwischen den Fingern.

„Du zwirbelst an deinen Haaren“, sagt Lindsay prompt und ich ziehe ertappt die Hand zurück. Sie hat recht, das mache ich immer, wenn ich aufgeregt oder unsicher bin.

„Es ist alles gut, Lin. Wo steckt Mom?“, frage ich leicht gereizt und meine Schwester zuckt mit den Schultern.

„Woher soll ich das wissen, wir sind gerade erst angekommen. Und da betritt man ahnungslos die Küche und trifft hier so ein Sahneschnittchen an. Meine Güte, Val, warum hast du mir nicht erzählt, wie heiß dein Jeffrey ist?“

„Er heißt Jeff, nicht Jeffrey“, murmele ich lahm und meine Schwester verdreht die Augen.

„Ist doch egal. Also, warum hast du nichts gesagt? Außerdem meine ich, du hättest erwähnt, er sei blond und blauäugig.“

Mir wird heiß. Habe ich das gesagt? Kann mich nicht erinnern. Der echte Jeff ist tatsächlich blond und blauäugig. Verflixt, warum muss sie sich alles merken?

„Das hab ich bestimmt nicht gesagt, denn wie du siehst, ist Jeff weder blond noch blauäugig. Warum sollte ich so was also behaupten? Du verwechselst da sicher was“, plappere ich nervös und Lindsay schüttelt den Kopf.

„Also ich könnte schwören … ich kann mir solche Dinge immer gut merken, das weißt du ja.“

Ich seufze innerlich. Ja, weiß ich. Leider.

„Na ja, jeder irrt sich mal. Ich richte schnell was zu essen, dann gehe ich wieder hinauf“, sage ich hastig, um sie abzulenken. Es funktioniert, denn meine Schwester grinst anzüglich.

„Ah, Frühstück im Bett? Gott, den Kerl würde ich überhaupt nicht aus meinem Bett rauslassen, so wie der aussieht."

Sie beugt sich zu mir und sagt in verschwörerischem Ton: „Ist doch sicher toll mit ihm, oder? Also du weißt schon."

Sie zwinkert mir zu und ich stöhne genervt auf.

„Lin, … darüber möchte ich wirklich nicht reden", brumme ich.

„Ach, komm schon, jetzt sei doch nicht so verklemmt. Mir kannst du es doch sagen."

Da ist es wieder, das Lindsay-Trampeltier, wie es leibt und lebt. Ich erhebe mich und öffne den Kühlschrank. Ich nehme eine Packung Schinken und eine Packung Käse heraus, hole einen Teller und lege einige Scheiben darauf.

„Was willst du denn hören? Dass Jeff eine Rakete im Bett ist?", frage ich gereizt und sie lacht.

„Das wäre ein Anfang. Ach, Süße, jetzt sei doch nicht sauer. Ich bin halt … na ja, ich bin eben überrascht, das ist alles."Ich klatsche ein paar Scheiben Toastbrot auf den Teller und drehe mich zu meiner Schwester um.

„Überrascht? Weswegen denn? Dass so eine langweilige Trulla wie ich so einen scharfen Typen abbekommt? Meinst du das?"

Ich stemme die Hände in die Hüften und funkele Lindsay empört an. Sie lacht gutmütig und hebt beschwichtigend die Hände.

„Ist ja gut. Und nein, so habe ich es nicht gemeint. Es ist

nur … na ja, sei ehrlich, deine bisherigen Freunde konnten Jeff nicht mal annähernd das Wasser reichen. Und ich glaube, das bezieht sich nicht nur auf sein Aussehen. Er scheint sehr nett zu sein und als Steuerberater hat er sicher was auf dem Kasten."

Sie blinzelt.

„Er sieht allerdings kein bisschen wie ein Steuerberater aus. Und er wirkt auch jünger als achtundzwanzig. Wie auch immer, er ist ein echtes Schnittchen."

„Ja, ist er", brumme ich und schnappe mir das Tablett, auf dem ich zu dem Schinken, dem Käse und dem Brot auch noch Butter, Marmelade, Honig, zwei gekochte Eier, Zucker, Milch und eine Kanne Kaffee angerichtet habe.

„Ich bin dann mal oben. Und ach ja, falls du Luke siehst, grüß ihn von mir. Wir haben ihn noch nicht zu Gesicht bekommen, nicht mal zum Essen gestern ist er aus seinem Zimmer gekommen. Was ist denn los mit ihm?"

Lindsay macht ein betrübtes Gesicht.

„Das wissen wir auch nicht genau. Ich glaube, er hat Liebeskummer."

Ich runzele die Stirn. Liebeskummer? Mein fünfzehnjähriger Bruder, der sich in erster Linie für Baseball und seine Playstation interessiert und Mädchen im Allgemeinen für doof hält?

„Wirklich?", frage ich und Lindsay nickt.

„Glaub schon. Aber sprich ihn bloß nicht drauf an, er reißt mir sonst den Kopf ab. Es ist ihm peinlich. Er hat dem Mädchen wohl gesagt, dass er sie mag, und sie hat ihn ausgelacht. Dumme Kuh."

Mein Herz zieht sich bei ihren Worten schmerzlich zusammen. Wie gut ich mit Luke mitfühlen kann. Mein hübscher, zurückhaltender, etwas linkischer Bruder. Ich kann mir gut vorstellen, wie er sich jetzt fühlen muss.

„Oh nein. Das ist mies", murmele ich. „Ich sage nichts, keine Angst."

Plötzlich habe ich das Bedürfnis, meine Schwester zu umarmen, stelle das Tablett ab und drücke sie fest an mich.

„Ich hab dich lieb", sage ich leise und sie streicht mir über den Rücken.

„Na, das will ich doch hoffen. Ich dich auch."

Ich muss lächeln. Trotz Lindsays manchmal etwas burschikoser, nicht immer allzu feinfühliger Art liebe ich sie sehr. Und ich weiß, sie mich auch.

„Okay, ich bin dann mal oben. Bis nachher."

„Viel Spaß euch beiden", flötet Lindsay, und ich verdrehe die Augen, während ich das Tablett nehme und nach oben gehe.

Als ich ins Zimmer komme, sitzt Julian barfuß in Jeans und T-Shirt auf meinem Bett und tippt etwas in sein Handy. Seine Haare sind noch feucht und der Duft seines Duschgels hängt in der Luft. Als er mich bemerkt, hebt er den Kopf und ein leichtes Lächeln gleitet über sein Gesicht. Ich schlucke. Er ist so fucking hübsch. Unfassbar.

„Frühstück. Ich dachte, du hast sicher Hunger", murmele ich verlegen, während ich das Tablett vorsichtig auf dem Bett abstelle.

„Das hab ich tatsächlich. Eigentlich hab ich immer Hunger."

Er grinst jungenhaft und ich lächele ihm zu.

„Dann lass es dir schmecken."

Er beugt sich vor und beäugt das Essen.

„Lecker. Danke. Aber du isst mit, nicht wahr? Alleine essen ist scheiße."

Er schaut mich treuherzig an und ich muss lachen.

„Wenn du mir was übrig lässt, esse ich mit."

„Deal."

Ich setze mich neben ihn und drehe erneut an einer Haarsträhne.

„Kaffee?", fragte Julian und greift nach der Kanne und einer Tasse.

„Ja, gerne. Nicht ganz voll machen, bitte, ich trinke ihn mit viel Milch und Zucker."

„Dachte ich mir. Lass mich raten, eigentlich magst du lieber Kakao? Oder Tee?"

Ich lege den Kopf schief.

„Wie kommst du darauf?"

Er zuckt mit den Schultern.

„Keine Ahnung, passt irgendwie zu dir. So eine richtig süße, heiße Schokolade mit viel Sahne. Oder eine Tasse Tee, während es draußen stürmt und schneit."

Ich senke den Kopf und betrachte meine Knie, die unter dem Saum des karierten Flanellhemdes hervorschauen.

„Stimmt. Der Kandidat hat hundert Punkte. Und du? Du bist leidenschaftlicher Kaffeetrinker?"

Julian nickt.

„Jep. Absolut. Ohne Kaffee am Morgen bin ich ziemlich unleidlich. Aber ich mag auch Kakao. Tee … na ja."

Er sieht mich schräg an und ich lächele. Er ist süß. Irgendwie. Nein, Blödsinn. Ist er nicht. Verdammt.

„Zwei Teelöffel?"

Er deutet auf den Zucker.

„Drei."

„Drei? Holy shit."

Julian lacht leise, gibt den Zucker in die Tasse und füllt Milch ein.

„Bitte schön. Zucker mit Milch und etwas Kaffee."

„Danke."

Ich nehme die Tasse und nippe vorsichtig daran.

„Perfekt."

„Wunderbar."

Während wir unseren Kaffee trinken und das Tablett leer futtern, schweifen meine Gedanken zu Luke. Er tut mir leid, und ich möchte gerne etwas für ihn tun, weiß aber nicht was. Was ich aber weiß, ist, dass er im Moment so ziemlich alles gebrauchen kann außer Mitleid. Wenn jemand sich damit auskennt, dann ich. Denn aus diesem Grund sitzt dieser sexy Typ neben mir, den alle für meinen Freund halten. Als jemand mit den Fingern vor meiner Nase herumschnippt, schaue ich erschrocken hoch. Julian mustert mich forschend und ich lächele verlegen.

„Was ist los? Ist dir grad aufgefallen, dass du kein Geschenk für mich hast? Mir würde da einiges einfallen, was du mir schenken könntest. Kostet auch nichts", sagt er grinsend und ich verziehe das Gesicht.

„Das hättest du wohl gern. Vergiss es. Nein, ich denke über meinen Bruder nach."

Julian stellt seine Tasse ab, lässt sich in die Kissen fallen und verschränkt die Arme unterm Kopf. Dabei verrutscht sein Shirt und gibt einen Streifen Haut über dem tief sitzenden Bund seiner Jeans frei. Flache, definierte Bauchmuskeln, samtweich schimmernde Haut. Ich merke, wie ich dahin starre, und auch, dass er es bemerkt. Hastig wende ich den Blick ab, räuspere mich und ignoriere Julians belustigtes Lächeln.

„Was ist denn mit ihm?", fragt er nun. Ich zucke mit den Schultern. Ich würde gern mit Julian darüber reden, denn seine Sicht würde mich interessieren, immerhin ist er nicht so viel älter als mein Bruder und kann sich bestimmt gut in ihn hineinversetzen. Andererseits möchte ich nicht mit jemandem, der Luke nicht kennt, über ihn sprechen. Schon gar nicht über Dinge, die ich selbst offiziell nicht weiß.

„Ach, na ja, er ist fünfzehn. Du kennst das sicher noch", murmele ich und Julian nickt langsam.

„Aha. Ich erinnere mich dunkel."

Er blickt an die Decke und sagt schließlich: „Wobei diese typischen Teenagerprobleme damals durch den Unfall meiner Eltern ziemlich in den Hintergrund gerückt sind. Mädchen, Schule, Kumpels, all das …"

Er bricht ab und wendet den Kopf ab, schaut aus dem Fenster. Ich betrachte ihn unauffällig. So cool und lässig er zu sein scheint - und ich glaube, das ist er wirklich -, so scheint er aber auch eine verletzliche, sensible Seite zu haben, und ich muss zugeben, ich mag diese Seite sehr.

„Das verstehe ich gut“, sage ich leise. Wir schweigen einen Moment, dann sage ich: „Okay, ich gehe dann mal duschen. Bis gleich.“

Ich erhebe mich, trete zum Schrank und hole ein paar Klamotten heraus. Dabei habe ich das untrügliche Gefühl, dass Julian mir auf den Hintern schaut. Sogar in diesem unsäglichen Flanellnachthemd starrt er mir auf den Arsch. Ich drehe mich ruckartig um und schaue ihn böse an. Er grinst und streckt sich dabei ein wenig. Und ich kann nichts dagegen tun, dass mein Blick wieder an seinem Bauch hängen bleibt. Dem Streifen Haut, der sichtbar wird. Zu allem Elend wird mir heiß, und ich merke, wie meine Wangen rot werden. Und ich weiß, er sieht es. Und da er nicht blöd zu sein scheint, kann er sich ausrechnen, wie er auf mich wirkt. Ich schaue hoch und sehe, wie seine Augen blitzen. Dieses verflixt schöne, dunkle Moosgrün. Seine Haare sind zerzaust und er sieht einfach zum Niederknien sexy aus. Da in meinem Bett. Dieser Kerl, der offiziell mein Freund ist, dem ich aber vermutlich so was von egal bin und der nur seinen Spaß mit mir haben möchte. Ich funkele ihn an und er lächelt noch breiter. Nach einem letzten bösen Blick raffe ich meinen Kram zusammen und stürme aus dem Zimmer. Im Bad ziehe ich mich hastig aus und trete unter die Dusche. Stelle das Wasser auf Kühl und atme tief durch. Julian … verflixt. Ich kenne ihn nicht mal vierundzwanzig Stunden und er hat mein Leben irgendwie völlig auf den Kopf gestellt. So was gibt's doch gar nicht. Oder nur im Film. Oder in den Büchern, die ich lese. Verdammt, so war das nicht gedacht. Ich wollte doch nur die Feiertage in Ruhe überstehen und stattdessen stürze ich kopfüber in ein größeres Chaos als zuvor.

Als ich ins Zimmer zurückkomme, hat Julian sich angezogen und die Betten gemacht. Das Fenster ist offen, und als er mich sieht, schließt er es wieder.

„Wollte mal etwas lüften. Aber nicht, dass mein Schneewittchen Frostbeulen bekommt", sagt er.

„So empfindlich bin ich nicht."

Ich schaue mich um. Er hat auch seine Sachen ordentlich zusammengelegt und es sieht richtig gut aus.

„Danke, dass du aufgeräumt hast."

Er zuckt mit den Schultern.

„Klar. Bin ja ein großer Junge."

Ich muss lachen.

„Das bist du. Was macht dein Arm?"

Er blickt an sich runter und bewegt den Arm ein wenig.

„Super. Tut fast nicht mehr weh. Euer Doc ist ein Genie."

„Sag ich doch. Kommst du?"

Er legt den Kopf schief und seine grünen Augen blitzen übermütig.

„Gern doch. Jetzt gleich?"

Ich brauche einen Moment, bis ich die Anspielung

checke, dann strecke ich ihm die Zunge heraus und verlasse grummelnd das Zimmer, während Julian mir mit einem leisen Lachen folgt.

Die nächsten Stunden verbringen wir entspannt mit meiner Familie, spielen Gesellschaftsspiele, helfen Mom bei den Vorbereitungen fürs Mittagessen und ziehen Erin und Matt mit den Schlitten auf dem Hof herum. Ich merke, wie begeistert meine Familie von Julian ist, und obwohl mich das einerseits freut, macht es mir auf der anderen Seite das Herz schwer. Wenn sie die Wahrheit erfahren, werden sie einfach nur enttäuscht sein. Von mir in erster Linie. Ich kann ihnen nach den Feiertagen, nachdem wir abgereist sind, natürlich auch ein weiteres Lügenmärchen auftischen und ihnen erzählen, dass Jeff und ich uns getrennt haben, aber besser wird es dadurch nicht.

Lindsay und ich diskutieren gerade darüber, wo wir den großen Strohweihnachtsstern aufhängen sollen, während Julian an der Fensterbank lehnt und uns belustigt beobachtet, als Luke erscheint. Ich hebe den Kopf und mein Herz zieht sich schmerzlich zusammen bei seinem Anblick. Er ist blass und wirkt traurig und gleichzeitig trotzig. Ich kenne diesen Gesichtsausdruck allzu gut von mir selbst. Wenn etwas schiefgelaufen ist und ich hoffe, dass mich bloß keiner darauf anspricht. Dabei wünscht man sich im Grunde nur jemanden, der einen versteht und der einen ernst nimmt und nicht belächelt.

„Hi“, nuschelt mein Bruder, und ich springe von der Leiter, auf der ich gerade stehe, und eile zu ihm. Aus dem Augenwinkel bemerke ich Lindsays warnenden Blick, doch ich kann mich nicht beherrschen, ich muss ihn wenigstens kurz umarmen. Ihm das Gefühl geben, nicht allein zu sein.

„Luke. Da bist du ja endlich.“

Ich umarme meinen kleinen Bruder, der mittlerweile einen ganzen Kopf größer ist als ich.

„Hey, Val. Sorry, dass ich euch noch nicht begrüßt habe.“

Ich schiebe ihn ein Stückchen von mir weg und winke mit einer Hand ab.

„Das macht doch nichts. Jetzt bist du ja da. Ich freu mich so, dich zu sehen. Hab dich vermisst, kleiner Bruder.“

Und das stimmt, er fehlt mir. Luke und ich haben uns immer nahegestanden, ich habe unser Nesthäkchen gern verwöhnt und verhätschelt. In meinen Gedanken halte ich inne. Im Grunde bin ich nicht anders als Lindsay, fällt mir auf. Sie bemuttert mich und ich bemuttere Luke. Ich betrachte ihn. Er wirkt erwachsener als noch vor drei Wochen, als ich ihn zum letzten Mal gesehen habe. Seine schwarzen Haare fallen ihm lang in die Augen und seine dunkelbraunen Augen blicken ernst. Er ist in diesem Stadium irgendwo zwischen Junge und Mann, und ich kann mir vorstellen, dass das nicht einfach ist. Besonders dann nicht, wenn man Liebeskummer hat. Ach, Luke, ich wünschte, ich könnte dir das ersparen, aber das schaffe ich ja nicht mal bei mir selbst. Und vielleicht gehört das auch einfach zum Erwachsenwerden dazu. Trotzdem tut es weh, ihn so unglücklich zu sehen.

„Komm, ich stelle dir Jeff vor“, sage ich und ziehe meinen Bruder am Arm mit mir. Julian hat uns wortlos beobachtet, jetzt stößt er sich von der Fensterbank ab und kommt auf uns zu. Wie schon öfter fällt mir sein geschmeidiger Gang auf. Lässig und souverän. Alles an ihm wirkt unaufgeregt und cool. Und dabei völlig natürlich, keineswegs aufgesetzt. Er trägt wieder die Klamotten vom Vorabend, und ich muss sagen, ich mag diesen Style. Die ausgebleichten Jeans sind an einigen Stellen aufgerissen und sitzen tief auf der Hüfte. Im Gegensatz dazu steht der schlichte Rollkragenpullover, der dem Ganzen einen lässig-eleganten Touch verleiht. Das, was er gesagt hat, er sei kein Vorzeige-Boyfriend, das stimmt überhaupt nicht. Er ist das Beste, was ich je vorzuweisen hatte. Das wirft ein ziemlich trauriges Licht auf mich, da er ja nur ein Alibi-Freund ist und ich es offenbar nicht hinkriege, einen tollen echten Freund zu finden. Aber egal, darüber kann ich mir immer noch den Kopf zerbrechen, jetzt ist es eben, wie es ist.

„Luke, das ist Jeff. Jeff, mein Bruder Luke.“

Die beiden reichen sich die Hände, und ich kann nicht anders, als zu lächeln. Sie ähneln einander ein wenig, sind beide groß, schlank und dunkelhaarig. In ein paar Jahren wird Luke die gleiche unwiderstehliche Wirkung auf Frauen haben wie Julian, da bin ich mir sicher. Dann wird er mit einem Schulterzucken an das Mädchen denken, das ihn jetzt verspottet hat.

„Wow, das ist ja cool.“

Luke deutet auf die Tattoos an Julians Arm. Er hat die Ärmel seines Pullis hochgeschoben und unter dem Rand blitzt ein Teil des Tattoos hervor.

„Findest du? Danke.“

„Klar. Hast du noch mehr?“

Julian lacht.

„Ein paar. Willst du mal sehen?“

Luke nickt begeistert und die beiden verziehen sich aufs Sofa. Lindsay und ich tauschen einen Blick und sie tritt neben mich.

„Ich glaube, dein Schatz wird zum neuen Helden für unseren Kleinen. Wäre schön, wenn Jeff es schaffen könnte, Luke ein wenig aus seinem Schneckenhaus herauszuholen.“

Ich nicke und schaue zu den beiden. Ich bin mir nicht sicher, inwieweit Julian Lust hat, sich mit einem unglücklichen Teenager abzugeben. Er ist zu nichts verpflichtet, in ein paar Tagen wird er verschwinden und niemanden von uns je wiedersehen.

„Ja, mal sehen“, sage ich einsilbig. Julian hat den Pullover ausgezogen und den Ärmel seines Shirts hochgeschoben. Er erklärt Luke die Bedeutung der Tattoos und ich schlucke. Der Gedanke, ihn in ein paar Tagen gehen zu lassen, tut weh. Ich bin so bescheuert, wirklich. Jeff ist in meinen Gedanken bereits zu einem unwirklichen Schatten verblasst, seitdem Julian aufgetaucht ist. Es fühlt sich an, als wäre alles, was vor ihm war, bedeutungslos. Als wäre es erst jetzt richtig. Mit ihm. Aber das ist Blödsinn.

Das ist der größte Blödsinn, den ich je in meinem Leben verzapft habe.

„Ich schau mal, wie weit das Essen ist“, sage ich und verlasse hastig das Wohnzimmer. Im Flur bleibe ich stehen und atme tief durch, bevor ich zu meiner Mutter in die Küche gehe.

Nach dem Essen, das erstaunlicherweise ohne größere Streitereien verlaufen ist, räumen wir die Küche auf, und danach sagt Julian zu mir: „Wie sieht's aus, Schneewittchen, Lust auf einen romantischen Spaziergang im Schnee? Du. Ich. Wir beide.“

Er steht ganz nah vor mir und ich rieche seinen viel zu betörenden Duft. Sehe das Blitzen in seinen Augen. Er legt es darauf an, mir Herzstolpern zu bereiten, darauf würde ich meinen Hintern verwetten. Aber an mir wirst du dir die Zähne ausbeißen, Julian Carter. Na gut, zumindest werde ich versuchen, standhaft zu bleiben. Ganz bestimmt.

„Klar, wieso nicht“, antworte ich so cool wie möglich, und er nickt, während er leicht den linken Mundwinkel zu diesem hammersüßen Lächeln hebt und meine dummen Knie weich wie Butter werden.

„Prima. Dann auf geht's.“

In der Diele schlüpfen wir in unsere Jacken und Handschuhe und streifen uns Wollmützen über die Ohren, da draußen ein eisiger Wind weht. Als wir fertig sind und vor die Tür treten, hält Julian mir seine Hand hin, und da ich weiß, dass meine neugierige Schwester hinter der Gardine steht, ergreife ich sie notgedrungen, und er umschließt meine Finger fest mit seinen. Wir stapfen über den Hof, bis wir hinter dem Stall sind und ich meine Hand zurückziehen will. Julian hält mich jedoch weiter fest, wirft mir einen Blick zu und schüttelt lächelnd den Kopf.

„Aber …", fange ich an, doch er sagt einfach nur: „Bitte. Okay?" Ich komme mir blöd vor, gegen dieses simple Händchenhalten zu argumentieren, also nicke ich knapp und starre zu Boden. Er hat keine Ahnung, was er da tut. Wenn er so weitermacht, wird er mein Herz in einem Trümmerhaufen hinterlassen, wenn er nach den Feiertagen seiner Wege geht. Eine fiese kleine Stimme in meinem Kopf zwitschert: Selbst schuld. Karma is a Bitch und Lügen haben kurze Beine.

„Ach, halt die Klappe", knurre ich und Julian sieht mich mit hochgezogenen Augenbrauen an.

„Ich sag ja gar nichts. Bist du so sauer auf mich, dass du schon mal im Vorfeld anordnest, dass ich den Mund halten soll?"

„Nein. Du doch nicht. Sorry, ich hab gerade über etwas nachgedacht."

„Ah. Okay. Sicher willst du mir nicht verraten, worüber?"

Wir stampfen durch den hohen Schnee, der schwer und nass ist, und ich schüttele den Kopf.

„Nein, eigentlich nicht. Ist auch nur dummes Zeug."

Ich kann ihm ja schlecht sagen, wie sehr er mich

durcheinanderbringt. Das würde ihm sicher Spaß machen und er würde es noch mehr ausnutzen.

„Ich steh auf dummes Zeug."

Julian sieht mich schräg an und ich muss lachen.

„Das glaube ich dir sofort. Schau, dort hinten ist die Schonung, in der wir den Weihnachtsbaum schlagen werden."

Ich deute mit ausgestrecktem Arm in die linke Richtung und füge hinzu: „Das macht Spaß. Wir nehmen Glühwein in Thermoskannen mit und diskutieren uns die Köpfe heiß, bis wir einen passenden Baum gefunden haben. Der wird dann geschlagen und nach Hause getragen. Wenn wir heimkommen, hat Mom bereits einen Berg frischer Waffeln gebacken, die wir mit heißen Kirschen und Schlagsahne verdrücken. Danach wird der Baum geschmückt. Und der duftet immer. Einfach himmlisch."

Ich merke, wie Julian mich lächelnd ansieht.

„Du magst den Scheiß tatsächlich, was?", sagt er und ich sehe verlegen an ihm vorbei.

„Schon. Ja. Es ist für mich im Grunde die schönste Zeit des Jahres, und ja, ich liebe es."

Er lacht leise und drückt meine Hand.

„Weißt du was? Das dachte ich mir schon. Du bist so dieser Weihnachtsengel-Kitsch-Typ."

Ich schaue ihn empört an.

„Weihnachtsengel-Kitsch-Typ? Was soll das denn heißen?"

Er zuckt mit den Schultern.

„Na ja, dass du ein wunderhübsches, hoffnungslos romantisches Schneewittchen bist, das sich nach Liebe, Friede, Freude und Eierkuchen sehnt. Zumindest im Grunde deines Herzens, auch wenn du das nach außen nicht allzu gerne zugibst."

Ich öffne den Mund, um zu protestieren, schließe ihn jedoch wieder und starre grübelnd vor mich hin. Warum muss er den Nagel immer so auf den Kopf treffen? Er kennt mich kaum und scheint doch mehr über mich zu wissen, als Jeff nach vollen zwei Monaten wusste.

„Vielleicht hast du recht. Und? Ist das schlimm, wenn man so ist und sich nach solchen Dingen sehnt?", sage ich leise. Julian schweigt einen Moment.

„Nein, das ist nicht schlimm, ganz und gar nicht. Ich glaube nur nicht, dass es funktioniert. So ist das Leben nun mal nicht."

Das klingt irgendwie traurig, wie er das sagt, und ich schlucke.

„Vielleicht", murmele ich. Wir laufen schweigend weiter und ich atme tief die kalte, klare Luft ein. Es tut gut, hier draußen zu sein. Und noch besser ist es, dass Julian neben mir ist. Ich gebe es nur ungern zu, aber ich bin gern mit ihm zusammen. Er hat zwar so eine Art, die Dinge eiskalt beim Namen zu nennen, dass ich manchmal schlucken muss, andererseits finde ich gerade das sehr erfrischend. Man weiß bei ihm immer, woran man ist.

„Du bist als Kind sicher oft hier im Wald gewesen, hab ich recht? Herumtoben, Verstecken spielen, im See schwimmen.

Das war so dein Ding."

Ich lache leise.

„Stimmt. Ich liebe diesen Ort. Und obwohl Rosebell Falls nun wirklich keine Großstadt ist, vermisse ich das Leben hier draußen. Das Land der tausend Seen, was gibt es Schöneres? Ich kann mir nichts vorstellen."

Wir sind mittlerweile am Waldrand angekommen, und vor uns erstreckt sich weites Land, das im Sommer herrlich grün ist.

„Dort hinten ist ein kleiner Weiher, dort gehen wir gern baden im Sommer. Komm, ich zeig ihn dir."

Wir laufen am Rand des Waldes unter den schneebedeckten Bäumen hindurch, und unter unseren Schuhen knirscht der Schnee, der in der Sonne glitzert. Gleich darauf taucht auf einer Lichtung der kleine See auf, den ich schon als Kind geliebt habe. Es ist so verwunschen hier, wie in einem Märchenland. Auch jetzt sieht es wunderschön aus. Dickes Eis bedeckt die Wasseroberfläche und die Sonne glitzert darauf wie winzige Diamantsplitter. Wir bleiben dicht davor stehen und Julian sagt: „Wow. Ich seh dich vor mir, wie du im Sommer aus dem Wasser steigst. Deine langen Haare sind nass und das Wasser perlt an deiner leicht gebräunten, samtweichen Haut ab wie schimmernde Regentropfen."

Ich sehe ihn schräg von unten an. Will er mich mal wieder veralbern? Er lächelt, senkt den Blick und für Sekunden versinke ich in dem dunklen Grün seiner Augen.

„Verarsch mich nicht", brumme ich und er lacht leise.

„Tu ich nicht. Glaub mir, ich habe das Bild direkt vor Augen, und weißt du was? Ich würde gerade sonst was geben, um es tatsächlich mal sehen zu können. Zu sehen, wie du mich anschaust, wenn du aus dem Wasser steigst und auf mich zukommst."

Ich knuffe ihn in die Seite.

„Julian. Hör auf. Du … du sollst das nicht mit mir machen."

Nein, das soll er nicht, denn er weckt mit diesen Worten unsinnige Sehnsüchte in mir. Was für ihn nur ein Spaß ist, ist für mich bereits viel mehr. Oh mein Gott, ich bin verloren. Was mache ich nur? Vielleicht ein Loch in das Eis schlagen und mich ertränken?

„Was mach ich denn?"

Er hebt die Hand und streicht mir sanft über die Wange. Die Handschuhe sind leicht rau und kratzen ein bisschen an meiner Haut. Der Ausdruck in seinen Augen macht mich nervös und unsicher und ich sage barscher als beabsichtigt: „Das weißt du genau. Du nutzt es aus, dass meine Familie nicht weiß, wer du wirklich bist, und dass ich sie belüge. Du machst dir doch überhaupt nichts aus mir. Und von Typen, die nur ein bisschen Spaß mit mir haben wollen, hab ich die Nase voll. Das hab ich dir auch gesagt."

Er nickt langsam.

„Das hast du, richtig. Aber du hast nicht gesagt, dass du in meinen Kopf schauen kannst. Und weißt, was ich will, denke und fühle."

Ich schüttele den Kopf und versuche, Abstand zwischen uns zu bringen.

„Dazu muss ich kein Hellseher sein. Das weiß ich auch so."

„Na dann. Dann wirst du wohl recht haben, Schneewittchen."

Er lächelt leicht und beugt sich zu mir herunter. Sein Atem streift über meine Haut, und ich merke, wie ich am ganzen Körper eine Gänsehaut bekomme, als Julians Lippen sanft meine Wange berühren.

„Oder auch nicht", murmelt er und ich beiße mir nervös auf die Unterlippe. Natürlich habe ich recht. Alles andere ist völliger Blödsinn. Ich drehe ein wenig den Kopf und sein Mund ist plötzlich viel zu nah vor meinem. Seine Augen sind viel zu nah. Das belustigte und fast ein bisschen zärtliche Funkeln darin. Alles von ihm ist zu nah.

„Julian", flüstere ich flehend, während mein Herz wie verrückt in meiner Brust rast. Wie konnte mir die Kontrolle über die Situation nur innerhalb weniger Stunden so völlig entgleiten? Ich will das nicht. In ein paar Tagen wird er gehen und dann will ich nicht als heulendes Häufchen Elend hinter ihm zurückbleiben. Während er sich nicht ein einziges Mal mehr umdrehen wird. Und genau so wird es kommen. Ganz genau so. Sein Blick taucht tief in meinen ein, das Lächeln ist von seinem Gesicht verschwunden, er wirkt fast verletzlich, wie er so vor mir steht. Aber das ist Unsinn. So ist er nicht. Wir sehen uns noch einen Moment lang an, dann richtet Julian sich abrupt auf und sagt: „Was glaubst du, hält das Eis?“

Irritiert von seinem Stimmungswechsel, blinzele ich und sage: „Äh. Ich glaub schon. Es ist schon seit Wochen eiskalt hier. Warum?“

Er wendet sich zu mir um und da ist es wieder: dieses leicht spöttische, jungenhafte Grinsen. Julian ist zurück, lässig, cool und verflixt attraktiv. Der Mann, der das hier als großen Spaß ansieht, der mir nichts schuldet und schon gar nichts für mich empfindet.

„Warum wohl, Schneewittchen? Weil wir zwei jetzt ein paar Runden drehen werden.“

Ich schüttele den Kopf.

„Runden drehen? Wir haben nicht mal Schlittschuhe dabei. Komm, lass das, ja?“

Er lacht.

„Angst? Brauchst du nicht, ich pass auf dich auf. Und wer braucht Schlittschuhe? Das geht auch ohne.“

Damit lässt er meine Hand los und macht einen prüfenden Schritt aufs Eis. Noch einen. Erst als er sich ein paar Meter von mir entfernt hat, dreht er sich um und breitet lachend die Arme aus.

„Perfekt. Na komm, trau dich.“

Ich betrachte ihn, spüre das aufgeregte Flattern in meiner Magengegend, das Pochen meines Herzens, dieses diffuse, aber schöne Glücksgefühl in meiner Brust und atme tief durch. Ach, verdammt. Was soll’s. Ich kann nicht ändern, was ich empfinde, warum also nicht versuchen, das Ganze ein bisschen zu genießen? Solange es dauert. Julian hat die

Mütze abgenommen und in die Jackentasche gesteckt. Seine dunklen Haare sind verwuschelt und sein Lächeln beschert mir ein heftiges Ziehen in der Herzgegend. Ja, ich bin verrückt. Aber ich bin auch jung und ich lebe nur einmal. Vermutlich wird das hier in ein paar Jahren nur eine schöne, verblassende Erinnerung für mich sein, aber jetzt im Moment fühlt es sich lebendig und gut an.

„Okay. Ich komm ja schon", rufe ich und betrete vorsichtig das glitzernde Eis. Mein Herz hämmert und meine Knie zittern, aber ich bin glücklich.

Vorsichtig schlittere ich auf Julian zu, der mir mit ausgestreckten Armen entgegenkommt.

„Langsam, Schneewittchen. Ich hab dich", sagt er, als er mich erreicht und mit beiden Händen meine umfasst. Ich strahle ihn an und bemerke, wie er mich ansieht. Vermutlich interpretiere ich alles falsch und viel zu viel hinein, aber … zumindest glaube ich, dass er mich mag. Ein bisschen vielleicht. Ein ganz klitzekleines bisschen. Und dieses kleine bisschen muss mir genügen.

Wir laufen, schlittern und rutschen über die eisglatte Fläche und es macht Spaß. Es macht so viel Spaß. Wir lachen und albern herum wie Kinder. Julian schüttelt über mir einen Ast aus und der Schnee rutscht mir in den Kragen. Ich kreische und schlage nach ihm, doch er weicht mir lachend aus. Die kalte Luft pustet uns richtig durch und dennoch ist mir heiß. Heiß und warm von innen heraus und das liegt eindeutig an Julian.

„Wollen wir um die Wette laufen?", frage ich übermütig und drehe mich einmal um meine eigene Achse. Julian hebt eine Augenbraue.

„Klar. Du glaubst aber nicht ernsthaft, du hättest eine Chance?"

Ich strecke ihm die Zunge heraus.

„Und wie ich das glaube. Du wirst dich wundern, Angeber."

„Na, dann mal los, du Eisfloh."

Wir stellen uns nebeneinander und ich zähle laut: „Drei. Zwei. Eins. Los."

Ich rutsche und schlittere so schnell ich kann über das Eis und werfe dabei immer wieder einen Blick nach hinten. Julian bleibt hinter mir, was mir verdächtig vorkommt.

„Na los, gib Stoff. Du lässt mich doch nicht etwa gewinnen? Hast du so wenig Ehrgeiz?"

Er zuckt lässig mit der Schulter und grinst frech. Ich starre ihn an und verheddere mich dabei mit meinen eigenen Füßen. Ich merke, wie ich ins Trudeln komme, nach hinten wegkippe, und rudere heftig mit den Armen. In Julians Augen blitzt es auf und er ist mit zwei großen Schritten bei mir. Er umfasst mich, dreht uns beide um und dann verlieren wir das Gleichgewicht und purzeln aufs Eis. Durch die Drehung ist er nun unter mir und ich liege auf ihm. Ich starre ihn erschrocken und atemlos an und japse: „Oh mein Gott, sorry. Dein Arm. Hast du dir wehgetan?"

Erst jetzt bemerke ich das amüsierte Funkeln in seinen grünen Augen.

„Nein, alles gut. Ich hab doch gesagt, ich pass auf dich auf.“

Ich lächele, und in dem Moment fällt mir auf, wie nah wir uns sind. Mein Gesicht ist direkt über seinem, sein verflixt guter Duft steigt in meine Nase und seine wunderschönen Lippen sind viel zu nah. Viel, viel zu nah. Ohne nachzudenken, streiche ich ihm mit der Hand eine Haarsträhne aus den Augen. Ich fühle seine Arme, die mich festhalten und mich ganz eng an seinen Körper drücken. Ich starre in dieses Grün … dieses wunderschöne Grün und merke, wie ich mich langsam immer tiefer über ihn beuge. Mein Mund nur noch Millimeter von seinem entfernt ist. Das Lächeln ist verschwunden und der Ausdruck in Julians Augen lässt Tausende von Schmetterlingen los in meinem Bauch. Seine Hände streichen sanft über meinen Rücken, während sein Atem über mein eiskaltes Gesicht streift. Wir sehen uns an und dann hauche ich einen ganz sanften Kuss auf seinen Mundwinkel. Eigentlich ist es gar kein Kuss, meine Lippen berühren ihn nur wie ein Hauch, doch diese Berührung zuckt wie ein Donnerschlag durch meinen Körper. Alles in mir scheint zu vibrieren und ich verharre für Sekunden so, fühle seinen Körper unter mir, bilde mir ein, seinen Herzschlag zu spüren, obwohl das durch die dicken Jacken unmöglich ist. Es fühlt sich an, als würde die Zeit gefrieren. Als würden um uns herum Millionen winziger Eissplitter tanzen, die uns vom Rest der Welt abschotten. Ich erwarte, dass er mich enger an sich zieht, versucht, den Kuss zu intensivieren, doch das tut er nicht.

Er hält ganz still, nur sein Blick lässt mich nicht los. Ich erwidere seinen Blick und es fühlt sich fast intensiver an als ein Kuss. Mein Herz klopft heftig, als ich mich langsam zurückziehe. Während wir uns immer noch ansehen, rappele ich mich hastig auf und stehe etwas verlegen und unsicher da. Julian erhebt sich ebenfalls und betrachtet mich einen Moment, bevor er einen Arm um meine Taille legt und mich sachte zu sich zieht. Er legt seinen Mund an meine Schläfe und murmelt: „Kein Grund zur Aufregung, alles gut. Lass uns zurückgehen, okay? Bevor du krank wirst.“

Der leicht raue Klang seiner Stimme beruhigt mich und ich nicke.

„Ja.“

Julian fasst erneut nach meiner Hand und wir machen uns durch den langsam einsetzenden Schneefall auf den Heimweg.

Kapitel 8

Julian

„Danke für den schönen Spaziergang."

Valerie und ich haben gerade die Haustür hinter uns geschlossen und ich halte noch immer ihre Hand in meiner. Und irgendwie habe ich so gar keine Lust, sie loszulassen.

„Nicht dafür. Ich fand's auch schön", sage ich und meine es so. Es ist wirklich eigenartig, was dieses zarte, schwarzhaarige Mädchen mit mir macht. Sie lächelt, wir sehen uns an und ich denke an den Moment vorhin auf dem Eis. Es war nicht mal ein richtiger Kuss, dennoch hat es sich so verdammt gut angefühlt. So anders als alles, was ich bisher empfunden habe. Alles, was ich in diesen Sekunden wollte, war, sie festzuhalten. Sie richtig zu küssen. Zu sehen, wohin uns das alles führen könnte. Doch ich hab's nicht getan, und ich kann nicht mal sagen, warum nicht. Irgendetwas in mir hat sich dagegen gesträubt. Und vielleicht auch geahnt, dass sie sich dann überfordert zurückziehen würde. Ich weiß nur, sie stellt etwas mit mir an, von dem mir nicht klar ist, ob es mir gefällt. Ich bin nicht der Typ, der sich Hals über Kopf verliebt. Im Grunde bin ich nicht mal der Typ, der sich überhaupt verliebt. Und warum das mit Valerie so vollkommen anders ist … ich habe keine Ahnung.

Während wir noch dastehen, erscheint Martha in der Küchentür.

„Da seid ihr ja. War euer Spaziergang schön?“, fragt sie. Valerie nickt und zieht ihre Hand aus meiner, was ich bedauernd registriere.

„Ja, war es. Sehr schön.“

Sie wirft mir einen kurzen Blick zu und sagt dann: „Können wir etwas helfen?“

„Oh, nein. Ich bereite Teig für die Plätzchen vor, die wir zum Altersheim fahren, weißt du? Aber ich bin noch nicht so weit, er muss noch ruhen.“

„Martha, wo steckst du?“

Millies Stimme dringt aus der Küche und Valeries Mutter seufzt.

„Ich komme“, ruft sie und Valerie lacht leise.

„Scheucht Grandma dich herum?“, fragt sie schmunzelnd und ihre Mutter winkt ab.

„Nicht mehr als sonst. Kommt ihr mit in die Küche?“

Während Valerie nickt, sage ich: „Ich gehe kurz nach oben, bin gleich wieder da.“

Ich bücke mich und drücke einen kleinen Kuss auf

Valeries Wange. Sie wird ein bisschen rot und ihre Augen blitzen mich unwillig an. Offenbar ist der romantische Moment vom See vorhin vorbei. Ich zwinkere ihr zu und sprinte dann die Treppe hinauf. Oben laufe ich den Flur entlang und komme an einem Zimmer vorbei, dessen Tür geöffnet ist. Im Vorbeigehen entdecke ich Luke, der auf seinem Bett hockt und einen Controller in der Hand hält. Zögernd bleibe ich stehen und klopfe dann leise an die geöffnete Tür.

„Hi. Stör ich?“, frage ich, als er den Kopf hebt.

„Nein, komm rein.“

Ich betrete das Zimmer und bleibe neben dem Bett stehen, betrachte dabei Valeries Bruder unauffällig. Luke ist ein hübscher Junge, doch man muss kein Genie sein, um zu sehen, dass es ihm gerade nicht sonderlich gut geht.

„Was zockst du?“, frage ich, obwohl ich es genau weiß, denn ich kenne die Spiele dieser Reihe in- und auswendig.

„Assassin's Creed“, murmelt Luke.

„Darf ich?“, frage ich und deute aufs Bett neben ihm.

„Wenn du willst, klar.“

Ich setze mich und sage: „Unity. Wie findest du es?“

Luke wirft mir einen Blick zu.

„Du kennst das Spiel?“

„Klar. Hab es komplett durchgezockt. Hast du die anderen Teile auch?“

Er nickt, während sein Blick wieder am Bildschirm hängt.

„Welchen findest du am besten?“

Er überlegt kurz.

„Black Flag. Und du?"

„Geil, ich auch. Einfach der beste Teil."

Ich beuge mich vor und sage: „Darf ich mal?"

Luke nickt und übergibt mir den Controller. Es dauert nicht lange und wir sind in Fachsimpeleien vertieft, und ich freue mich, dass er aufzutauen scheint.

„Ich würde mir auch gern ein Tattoo stechen lassen. Aber da würde mein Vater durch die Decke gehen", sagt Luke mit einem leichten Grinsen. Ich lache und antworte: „Das kann ich mir vorstellen. Warte lieber, bis du volljährig bist, vorher darfst du es ohne Erlaubnis deiner Eltern sowieso nicht machen lassen."

Ich schaue ihn an, füge hinzu: „Außerdem, na ja, du bist fünfzehn, kann sein, dass du in ein paar Jahren etwas total bescheuert findest, was dir jetzt richtig gut gefällt. Also da solltest du dir noch etwas Zeit lassen."

Er nickt zögernd.

„Ja."

Während ich den Blick nicht vom Bildschirm abwende, sage ich: „Kann es sein, dass du jemanden beeindrucken möchtest mit so einem Tattoo?"

Er schweigt einen Moment.

„Kann sein", sagt er schließlich. „Aber das würde auch nichts nützen, sie findet mich einfach generell scheiße."

Er klingt verzagt und ich seufze innerlich. So was habe ich mir gedacht.

„Deine Freundin?", frage ich.

„Nein. Ich dachte, sie würde es vielleicht werden wollen, und war so blöd, ihr zu sagen, dass ich auf sie stehe. Sie hat aber nur gelacht und gemeint, ich solle mal schön weiterträumen. Na ja, war zu erwarten."

„Blödsinn. Nur weil sie dich scheiße findet, heißt das noch lange nicht, dass du scheiße bist. Mich finden auch Leute scheiße, na und? Damit kann ich leben, und glaub mir, Luke, du wirst garantiert ein Mädchen finden, das dich genau so mag, wie du bist. Und für die du der absolut coolste und süßeste und tollste Mensch auf der ganzen Welt sein wirst. Weil du ganz genau so bist, wie du bist. Und jeder, der dich nicht so haben will, wie du bist, kann dir sowieso gestohlen bleiben."

Schweigen neben mir, schließlich sagt er: „Meinst du? Ich weiß nicht. Wie du das sagst, klingt das irgendwie völlig logisch, aber … Keine Ahnung. Irgendwas muss ihr ja an mir nicht gefallen haben."

Ich nicke.

„Na ja, vermutlich. Vielleicht steht sie auf blonde Typen oder auf welche, die Muskelberge an den Armen haben, aber dafür nichts im Kopf. Oder sie steht auf Sprücheklopfer oder die stillen Poeten. Was weiß ich. Aber glaub mir, an dir ist nichts falsch, absolut nichts. Ich will nicht sagen, dass man in einer Beziehung nicht an sich arbeiten oder keine Kompromisse eingehen soll, das nicht. Aber wenn einen jemand von vornherein scheiße findet nur für das, was man ist, wie man aussieht, was man anzieht oder wie man redet, dann kann ich nur sagen: Dann eben nicht. Wer nicht will, der hat schon. So sieht's aus. Ehrlich, Luke, ich kenn dich nicht besonders gut, aber ich glaube, ein Mädchen könnte sich glücklich schätzen, dich zum Freund zu haben. Und wenn sie das anders sieht, nur weil du ihr zu dünn, nicht cool genug oder zu schüchtern bist, dann soll sie es lassen und sich einen Macker suchen, der sie nach zwei Wochen mit ihrer besten Freundin bescheißen wird."

Ich merke, wie Luke mich ansieht, dann beginnt er zu grinsen und sagt: „Mann, du hast recht, Jeff. Du hast recht."

Er lässt sich zurückfallen und lacht. Ich nicke und drücke ihm den Controller in die Hand.

„Da, mach weiter. Ich muss mal nach deiner Schwester sehen, bevor sie mich gegen einen cooleren Typen eintauscht."

Ich zwinkere Luke zu und der grinst.

„Glaub nicht, dass sie einen cooleren finden würde als dich."

Ich erhebe mich und gebe ihm einen leichten Klaps auf den Hinterkopf.

„Das will ich doch schwer hoffen. Wenn was ist, weißt du, wo du mich findest."

Bei diesen Worten wird mir unangenehm bewusst, dass das nicht stimmt. Luke wird sich an Valeries Freund Jeff wenden wollen, zu Julian Carter wird er bald keinen Kontakt mehr haben. Langsam gehe ich zur Tür und trete hinaus auf den Flur. Der Gedanke, die Menschen hier alle niemals wiederzusehen, gefällt mir nicht besonders. Am beschissensten finde ich aber den Gedanken, Valerie zu verlieren. Ich hebe den Kopf und zucke zusammen.

„Mann, hast du mich erschreckt. Hast du uns etwa belauscht?"

„Nein!" Valerie lehnt an der Wand neben der Tür und blinzelt.

„Na ja, ein bisschen vielleicht."

Sie sieht mich an und sagt leise: „Danke. Dafür. Du weißt schon. Ich glaube, du hast ihm gerade mehr geholfen, als dir bewusst ist."

Sie deutet zur Tür und lächelt kurz, bevor sie sich umdreht und die Treppe hinuntereilt.

Ich bleibe noch einen Moment stehen, dann wende ich mich ab und betrete ihr Zimmer. Ich mag diesen Raum, er ist so völlig und ganz Valerie. Romantisch, etwas verspielt. Man fühlt sich direkt wohl und angekommen. Seufzend streiche ich mir mit einer Hand durchs Haar. Ich fürchte, ich habe ein ernsthaftes Problem. Valerie sieht in mir vermutlich nicht mehr als den Typen, der ihr den Arsch gerettet hat und ihr die peinliche Mitleidsnummer ihrer Familie erspart. Sie hat ja ziemlich deutlich gesagt, dass sie keine Lust auf Beziehungen und Männer hat. Ich trete ans Fenster, sehe hinaus in das dichte Schneetreiben. Wobei … vorhin auf dem Eis … das war echt. Da war etwas zwischen uns, was sie genauso gespürt hat wie ich. Und was sie vermutlich genauso verunsichert hat. Mit einem leisen Stöhnen lasse ich mich aufs Bett fallen und starre an die

Decke. Als ich von draußen Kichern und Wortfetzen höre, erhebe ich mich und gehe zur Tür. Lindsay steht auf dem Flur und hält eine Spieluhr in der Hand, die „Silver Bells“ dudelt. Erin steht neben ihr und betrachtet die Uhr verzückt.

„Jeff, sieh nur, ist sie nicht wunderschön?“, sagt das kleine Mädchen und sieht mich mit leuchtenden Augen an. Ehrlich gesagt habe ich nicht viel übrig für solchen Firlefanz, aber das sage ich der Kleinen natürlich nicht.

„Stimmt, die ist toll“, sage ich lächelnd und sie nickt.

„Schau nur, die Figuren. Hier ist Santa. Und hier die Engel. Und die Geschenke für die Kinder.“

Sie strahlt und ich schlucke. Wie unschuldig Kinder noch sind und wie rein und pur ihre Freude. Davon könnte man sich so manches Mal eine Scheibe abschneiden.

„Eigentlich hat Valerie die Spieluhr immer in ihrem Zimmer. Aber dieses Jahr dekoriert sie gar nicht. Frage mich, warum nur?“, sagt Lindsay und sieht mich dann schelmisch an.

„Bestimmt ist es ihr peinlich vor dir.“

Ich runzele die Stirn.

„Vor mir? Warum sollte es ihr peinlich sein, eine Spieluhr in ihrem Zimmer aufzustellen?“

Lindsay lacht.

„Oh, sie hat es dir nicht erzählt? Sie stellt bei Weitem nicht nur diese Uhr auf, nein, Valerie verwandelt ihr Zimmer an Weihnachten immer in ein richtiges Weihnachtsparadies. Wirklich, sie macht das ganz toll. Sie dekoriert ihr Zimmer mit so viel Liebe und Hingabe und es sieht immer wunderschön aus. Das macht sie eigentlich, seit sie ein kleines Mädchen war. Nur dieses Jahr nicht.“

Sie knufft mich in die Seite.

„Mit so einem coolen Freund an der Seite will man sich nicht die Blöße geben, eine kleine, verkuschelte Weihnachtsmaus zu sein.“

Ich betrachte Valeries Schwester und meine Gedanken schweifen zu dem Mädchen, das mein Leben in den letzten Stunden total durcheinandergebracht hat.

„Ich steh aber auf kleine, verkuschelte Weihnachtsmäuse. Besonders, wenn sie Valerie heißen“, höre ich mich sagen und im Grunde müsste ich mir dafür selbst eine reinhauen. Was ist bloß los mit mir? Die haben mich verhext hier, haben mir irgendein Liebespulver unters Essen gemischt, ich habe keine Ahnung.

„Echt? Mein Schwesterherz hat wirklich mehr Glück als Verstand, so einen Mann wie dich abzubekommen.“

Lindsay grinst und ich sage: „Nein, sie hat mich, weil sie ist, wie sie ist. Ganz einfach.“

Jetzt wird Lindsays Lächeln warm.

„Du hast recht. Valerie ist ein tolles Mädchen und vielleicht bist ja du der Glückliche.“

Ich senke den Kopf, starre zu Boden. Ja, vielleicht bin ich das. Plötzlich kommt mir eine Idee.

„Was haltet ihr davon, wenn wir Val überraschen? Und ihr Zimmer für sie dekorieren? Seid ihr dabei?“

Erin hüpft vor mir auf und ab und quietscht: „Au ja.

Mommy, ja? Helfen wir Jeff dabei, Valeries Zimmer schön zu machen?“

Lindsays Augen funkeln ähnlich begeistert wie die ihrer Tochter.

„Aber natürlich machen wir das. Das ist eine super Idee, Jeff. Wir müssen nur sicherstellen, dass wir nicht von Valerie entdeckt werden.“

Sie überlegt kurz, dann sagt sie: „Wartet, ich gehe runter und weihe Mom ein. Sie soll Valerie bitten, ihr mit den Keksen zu helfen, sie zu verpacken und danach ins Altersheim zu fahren. Dann haben wir freie Bahn.“

„Super. Dann mach das.“

Während Lindsay nach unten eilt, betreten Erin und ich Valeries Zimmer.

„Das ist schön hier, nicht wahr?“, sagt die Kleine und streicht sachte über die zierliche, weiße Kommode neben der Tür.

„Ja, das ist es. Aber ich bin sicher, du hast zu Hause auch ein tolles Zimmer. Oder nicht?“

Sie nickt.

„Doch. Aber Valeries Zimmer ist ganz besonders toll.“

Ja. Valerie ist ja auch ein ganz besonders tolles Mädchen. Ich merke, wie ich vor mich hinlächele, und räuspere mich. Erin mustert mich und sagt: „Heiratest du Valerie? Darf ich dann Blumen streuen?“

Ich muss husten.

„Was? Wie kommst du denn darauf? Also dass wir heiraten, meine ich.“

Sie sieht mich mit schief gelegtem Kopf an.

„Na, das machen Erwachsene doch so, wenn sie sich lieb haben, oder nicht? Meine Mommy und mein Dad haben ja auch geheiratet."

Das klingt logisch.

„Ähm, das stimmt natürlich. Aber Valerie und ich kennen uns ja noch nicht so lange und da heiratet man nicht direkt."

Jetzt sieht sie enttäuscht aus.

„Aber hast du Valerie denn nicht lieb? Und willst ihr Mann werden?"

Ich blase etwas überfordert Luft durch die Zähne.

„Doch, natürlich habe ich Valerie lieb. Aber deshalb müssen wir ja nicht gleich heiraten. Aber hey …" Ich knie mich vor die Kleine hin. „Wenn wir irgendwann heiraten sollten, dann ist es Ehrensache, dass du Blumen streuen wirst. Deal?"

Erin nickt und lächelt, dabei entblößt sie eine niedliche, kleine Zahnlücke.

„Deal", sagt sie und schlägt in meine dargebotene Hand ein.

„So, alles klar. Mom und Granny halten Valerie unten fest. Granny wird sie am Stuhl festbinden oder sich ihr in den Weg schmeißen, wenn nötig, sie kennt da nichts. Wir können also loslegen."

Ich muss grinsen bei dem Gedanken an Valeries energische, kleine Großmutter.

„Perfekt. Dann los.“

Während ich Lindsay in den Flur folge, um auf den Dachboden zu klettern, habe ich eine Idee.

„Moment, ich komm gleich nach.“

Sie nickt und zieht die Leiter zum Dachboden herunter. Ich dagegen klopfe gleich darauf an Lukes Tür und trete dann ein. Er liegt etwas lustlos auf dem Bett und blättert in einem Automagazin. Mit wenigen Worten erläutere ich ihm, was wir vorhaben, und er sieht nicht besonders begeistert aus.

„Ach, nee, was soll ich denn da machen? Lichterketten aufhängen?“, brummt er und ich nicke.

„Zum Beispiel. Komm schon, bitte. Für Valerie. Je mehr Leute wir sind, desto schneller sind wir fertig und desto geringer ist die Gefahr, dass sie uns zu früh entdeckt.“

„Wird sie nicht. Wenn Granny Bescheid weiß, kommt Valerie nicht hier hoch, außer sie heuert eine Spezialeinheit an, die Oma außer Gefecht setzt.“

Ich muss lachen und Luke stimmt zögernd ein. Schließlich jedoch grinst er breit und sagt: „Na gut, ich komme mit. Du kannst schon ein bisschen anstrengend sein, was?“

Ich zucke mit den Schultern.

„Manchmal. Aber cool. Danke.“

Er springt auf.

„Geschenkt. Fangen wir an.“

Wir klettern zu Lindsay und Erin auf den Dachboden.

„So, hier sind Valeries Sachen.“

Lindsay deutet auf zwei Kisten. Wir schaffen das Zeug nach unten und stellen es in Valeries Zimmer ab.

„Wir brauchen Weihnachtsmusik. Und Plätzchen. Und Kakao."

Erin stemmt ihre kleinen Fäuste in die Hüften und sieht herausfordernd in meine Richtung.

„Ich?"

Sie nickt und ich muss lachen.

„Okay. Ihr Wunsch ist mir Befehl, junge Lady."

Ich sprinte die Treppe hinunter und spähe in die Küche, wo Valerie, ihre Mutter und ihre Großmutter fleißig am Backen sind. Ein himmlischer Duft liegt in der Luft, nach Zimt, Vanille und anderen Gewürzen, die ich Backlegastheniker natürlich nicht kenne. Die Frage ist, wie komme ich an Plätzchen und Kakao für vier Leute, ohne dass Valerie wissen will, wofür ich das brauche? Während ich da so stehe, entdeckt mich Martha, und ich winke ihr verstohlen zu. Sie wäscht sich schnell die Hände und verlässt die Küche.

„Was gibt's?", fragt sie und ich erkläre ihr mein Anliegen. Sie lächelt und nickt.

„Okay, ich mache Kakao für euch und bringe ihn mit einem Teller Plätzchen nach oben."

Ich nicke und sage: „Aber Valerie wird fragen, wohin du das bringst. Ich lenke sie ab. Gib mir zehn Minuten, reicht dir das?"

„Aber sicher doch."

„Sehr gut, danke."

Ich zwinkere ihr zu, dann betrete ich die Küche und setze eine leidende Miene auf. Valerie hebt den Kopf.

„Jeff. Alles okay?", fragt sie stirnrunzelnd.

„Weiß nicht. Mein Arm tut ziemlich weh. Vielleicht doch wegen vorhin …"

Ich sehe sie vielsagend an und bemerke sofort, wie sie ein schlechtes Gewissen bekommt.

„Auf dem Eis? Wo ich auf dich gefallen bin? Oh nein, ich wusste es. Lass mich mal sehen."

Sie legt das Ausstechförmchen weg, wäscht sich hastig die Hände an der Spüle und kommt zu mir.

„Gehen wir ins Wohnzimmer?"

Sie nickt und folgt mir hinüber in den gemütlichen, weihnachtlich dekorierten Raum.

„Zeig mal."

Natürlich könnte ich mich nun damit begnügen, den Ärmel meines Pullovers hochzuschieben, aber hey, ein bisschen Spaß muss sein. Also ziehe ich den Pulli über den Kopf und stehe im T-Shirt vor ihr. Einem ziemlich körpernahen T-Shirt, wohlgemerkt. Ich bemerke, wie Valeries Blick über meinen Oberkörper streift und sie nervös auf ihrer Unterlippe kaut.

„Wo tut's denn weh?", fragt sie.

„Hier."

Ich deute auf den Ellenbogen und Valerie umfasst vorsichtig meinen Unterarm. Ihre warmen, zarten Finger auf meiner Haut lassen mir einen Schauer über den Rücken laufen, und ich kann nicht anders, als sie die ganze Zeit anzustarren wie ein liebeskranker Volltrottel. Ich spüre, dass ihre Hand leicht zittert. Vielleicht haben wir ja beide ein größeres Problem als angenommen.

„Hier?“, fragt sie und ich nicke.

„Tut mir leid, ich bin so ein Dussel. Ich hole deine Salbe, okay?“

Mir fällt ein, dass die Salbe in ihrem Zimmer ist, und sage schnell: „Nein, das ist nicht nötig, hab ich vorhin schon gemacht.“

„Ja? Und es hat nichts geholfen?“

Sie klingt verzagt und ich fasse nach ihrer Hand.

„Hey, ich geh schon nicht gleich drauf, nur weil mein Arm wehtut. So schnell wirst du mich nicht los, du musst mich also noch ertragen. Zumindest für ein paar Tage.“

Ihre Miene verfinstert sich, und ich frage mich, was der Grund ist. Dass sie mich noch an der Backe hat oder dass sie Angst hat, ich könnte mich bald aus ihrem Leben verabschieden. Die letzte Möglichkeit gefällt mir entschieden besser, muss ich zugeben. Vielleicht sollte ich ein bisschen Gas geben, um das hübsche Schneewittchen von meinen Qualitäten zu überzeugen. Wobei ich mir nicht mal sicher bin, ob ich das überhaupt will. Verrückt.

„Redest du gerade Blödsinn?“, fragt sie und ich zucke mit den Schultern.

„Tu ich das nicht immer?“

Sie überlegt und schüttelt dann den Kopf.

„Nein, eigentlich nicht. Na ja, manchmal schon.“

Ihre Hand liegt noch immer auf meinem Arm und sie

steht ganz nah bei mir. Viel zu nah und doch nicht nah genug. Verdammt, Valerie. Sie hebt den Kopf und ihre blauen Augen schimmern im warmen Licht der Weihnachtsbeleuchtung an den Fenstern.

„Willst du mich denn nicht loswerden?", frage ich und meine Stimme klingt viel zu rau. In ihren Augen blitzt Unsicherheit auf, und sie zieht die Schultern hoch, während ihr Daumen wie abwesend über meine Haut streicht und mir damit tausend kleine Blitze durch den Arm schießt.

„Ich weiß nicht. Willst du denn nicht sowieso so schnell wie möglich weg?"

„Komm schon, Val, es ist unfair, eine Frage mit einer Gegenfrage zu beantworten. Ich hab zuerst gefragt."

Mir ist selbst nicht ganz klar, was ich mir von diesem Scheiß erhoffe. Soll sie mir sagen, sie hätte sich unsterblich in mich verliebt und würde mich am liebsten nie mehr gehen lassen? Gott, träum weiter, Carter. Vielleicht sollte ich mal nach draußen gehen und meinen Kopf in eine Schneewehe stecken. Und gewisse andere Körperteile, die irgendwie verflixt gierig nach Valerie lechzen, gleich mit.

Ich lasse Valerie nicht aus den Augen, während sie offenbar krampfhaft nach einer Antwort sucht. Eindeutiger geht's ja wohl nicht. Bevor es noch peinlicher werden kann, sage ich möglichst lässig: „Okay, vergiss es. War eh nicht ernst gemeint. Wir haben unseren Deal, nicht mehr und nicht weniger. Aus. Ende."

Sie blinzelt und sieht nicht ganz glücklich aus mit meiner Ansage.

„Ja, also …“, sagt sie langsam und genau in dem Moment taucht Martha auf.

„Valerie, kommst du? Wir müssen uns beeilen, damit wir die Plätzchen noch ins Altersheim fahren können, bevor es zu spät wird.“

Sie sieht lächelnd zu mir und nickt leicht.

„Okay, dann störe ich mal nicht länger. Bis nachher, die Damen.“

Ich schnappe mir meinen Pullover, streife ihn über den Kopf und eile aus dem Zimmer. Dabei brennt mir Valeries Blick im Rücken und ich atme tief durch. Dieses Mädchen macht mich irre, wirklich. So bin ich nicht. Ich bin nicht dieser romantische Typ, der jemandem das Zimmer dekoriert. Blumen schenkt, eine CD mit Liebesliedern brennt oder sonst einen kitschigen Scheiß macht. Am Fuß der Treppe bleibe ich stehen und werfe einen Blick zurück. Valerie verlässt hinter ihrer Mutter das Wohnzimmer und schaut zu mir herüber. Für Sekunden versinken unsere Blicke regelrecht ineinander, dann verschwindet sie in der Küche und ich sprinte die Treppe nach oben.

In Valeries Zimmer haben Lindsay, Erin und Luke bereits die Kisten ausgepackt. Auf dem Tisch stehen vier Tassen mit dampfendem Kakao, ein Teller mit liebevoll verzierten Weihnachtsplätzchen und aus der kleinen Anlage dudelt Weihnachtsmusik.

„Schau, Jeff, was für schöne Sachen“, sagt Erin mit strahlenden Augen. Ich trete neben sie, und sie zeigt mir die

Schätze, die sie aus der Kiste ans Licht befördert haben. Und ja, sie sind schön. Niedlich und geschmackvoll. Manchmal etwas kitschig, aber hübsch. Es passt zu Valerie. Ich nehme einen kleinen Engel aus Porzellan in die Hand und fahre vorsichtig mit dem Finger seine Konturen nach. Sein Gesicht ist ganz fein herausgearbeitet, er lächelt, und ich bilde mir ein, seine Augen würden mich freundlich ansehen. Ich seufze leise. Ich muss hier weg, bevor ich noch völlig durchdrehe.

„Hast du es bei dir zu Hause auch schön geschmückt?“, fragt Erin.

„Ich? Eigentlich nicht“, murmele ich. Lindsay und Luke sehen mich aufmerksam an und Erin sagt: „Nein? Das ist aber schade. Magst du Weihnachten nicht?“

Boah, was sagt man einer Siebenjährigen, die womöglich noch an den Weihnachtsmann glaubt? Dass man Weihnachten seit dem Tod der Eltern scheiße findet und froh ist, wenn diese Tage vorbei sind? Ich mag ja manchmal ein Arsch sein, aber das bringe noch nicht mal ich fertig.

„Doch, klar mag ich Weihnachten. Jeder mag doch Weihnachten, oder nicht?“

Die Lüge kommt mir glatt über die Lippen und Erins glückliches Lächeln macht mich komischerweise ebenfalls happy.

„Ja, das glaube ich auch. Aber warum schmückst du dann nicht?“

Okay, sie lässt nicht locker.

„Ich bin nicht so oft daheim und für mich allein lohnt

sich das nicht. Aber ihr habt es hier ja schön und damit habe ich auch was davon."

„Aber du wohnst doch bei deiner Mommy, oder nicht?"

Scheiße, jetzt habe ich schon wieder vergessen, dass Jeff so ein beschissenes Muttersöhnchen ist. Warum musste Val das auch jedem aus ihrer Familie erzählen?

„Jaaa", sage ich gedehnt und überlege fieberhaft, während Luke und Lindsay mich interessiert mustern. Verdammt, ich weiß schon, warum ich lieber allein bin. Keiner da, der einen die ganze Zeit nervt. „Meine Mom schmückt natürlich. Im Wohnzimmer und so. Ich meine damit nur mein Zimmer."

Puh. Erin überlegt, die Erklärung scheint ihr einzuleuchten, denn sie nickt.

„Ach so. Dann hast du es daheim also doch schön", sagt sie zufrieden und ich nicke erleichtert.

„Ja, dann lasst uns anfangen."

Während wir den Kakao trinken und die Kekse verputzen, packen wir die Kisten vollständig aus und beginnen, den Raum zu dekorieren. Es dauert nicht lange und Valeries Zimmer verwandelt sich in ein kleines Weihnachtsparadies. Auch wenn ich es eher ungern zugebe, es gefällt mir. An den Fenstern glitzern Lichterketten, die wie funkelnde Schneekristalle aussehen, überall stehen Kerzen, Engel und Weihnachtsmänner. Die Spieluhr von vorhin thront auf der Kommode und in einer Bodenvase duften geschmückte Tannenzweige.

„Wow“, haucht Erin und lehnt sich gegen Luke, der ihr liebevoll durchs Haar wuschelt.

„Sieht gut aus, Krümel, was?“, sagt er und sie nickt andächtig. Ich betrachte die drei, wie sie glücklich unser Werk bewundern, und fühle mich gut. Ja, es ist ein fucking gutes Gefühl, jemanden glücklich zu machen. Irgendwie war mir das nie so bewusst. Vielleicht wollte ich es auch einfach nie wissen. Und plötzlich habe ich das Bedürfnis, meiner Schwester etwas von diesem Gefühl abzugeben. Ich weiß, ich habe sie vernachlässigt in letzter Zeit und sie sorgt sich um mich. Sie wäre glücklich, wenn sie wüsste, dass es jemanden im meinem Leben gibt, den ich mag. Ich ziehe das Smartphone aus der Tasche meiner Jeans und betrachte es nachdenklich. Mag ich Valerie? Oder ist es bereits mehr? Das ist eigentlich Blödsinn, denn ich kenne sie erst so kurz … aber es fühlt sich so an. Nicht, dass ich mich auskennen würde mit Gefühlen, denn die habe ich ja immer erfolgreich vermieden.

„Ich schicke meiner Schwester ein paar Bilder, sie freut sich“, murmele ich und alle drei nicken. Für sie ist das vermutlich selbstverständlich, denn ich habe das Gefühl, Familie wird hier großgeschrieben. Plötzlich überfällt mich eine große Sehnsucht nach meinen Eltern und ich schlucke. Wäre alles anders, würden sie noch leben? Wäre ich anders? Nachdem ich ein paar Fotos von der Dekoration geschossen habe, stellen wir uns zu viert auf und machen ein Selfie. Alle strahlen in die Kamera, und ich muss lachen, als ich das Bild betrachte. Wir sehen gut aus. Glücklich. Als würde ich hierhergehören. Aber so ist es nicht.

Ich schicke die Fotos an meine Schwester und schreibe ihr, was wir gemacht haben. Wie erwartet kommt gleich darauf eine begeisterte Antwort. Sie findet die Aktion zuckersüß und freut sich sehr über die Bilder. Ich bilde mir ein, Erleichterung in ihren Worten zu erkennen, und atme tief durch. Ginge es mir nicht genauso? Auch wenn ich mich manchmal darüber lustig mache, wie verliebt sie ist, bin ich doch froh, dass sie nicht mehr allein ist. Dass sie jemanden gefunden hat, der zu ihr gehört. Nicht nur mich. Wäre sie allein und einsam, wäre ich nicht glücklich darüber und würde mir Sorgen machen. Nicht, dass ich allein und einsam wäre, aber … Ach fuck. Vielleicht bin ich es doch, keine Ahnung. Sicher, ich habe meinen besten Freund Jon, den ich bereits ewig kenne und auf den ich immer zählen kann. Aber sonst? Ich bin nicht der Typ für enge Freundschaften, blocke alles ab, was mir zu nah kommt. Genieße meine Unabhängigkeit und den Schlag, den ich bei den Mädchen habe. Ja, das ist toll, das gebe ich zu. Aber nicht immer. Jetzt gerade nicht.

„Alles okay? Hat sie sich gefreut?“

Lindsay tritt neben mich und sieht mich aufmerksam an.

„Ja, hat sie. Liebe Grüße von ihr.“

„Valerie hat gar nicht erzählt, dass du eine Schwester hast.“

Ich nicke. Klar. Vermutlich hat „Jeff“ auch keine.

„Hat sie bestimmt vergessen. Sie kennt Maddy ja noch nicht."

„Bestimmt. Okay, wir verschwinden dann mal. Wenn sie kommt, schicke ich sie hoch. Sie wird Augen machen."

Sie lächelt.

„Ich finde das so schön, dass du diese Idee hattest. Weißt du, ich freu mich so für Val. Sie hat es echt verdient, endlich jemanden zu haben, der sie wertschätzt. Sie ein bisschen verwöhnt und für sie da ist. Sie hatte so oft Pech, aber ich glaube, dieses Mal ist alles richtig. Du bist richtig für sie."

Ich weiche ihrem Blick aus und nicke.

„Ich tue mein Bestes", murmele ich. Bevor ich reagieren kann, stellt Lindsay sich auf die Zehenspitzen und drückt mir einen Kuss auf die Wange.

„Danke", sagt sie, bevor sie mit Erin und Luke das Zimmer verlässt.

„Äh, wartet mal. Wollt ihr nicht dabei sein, wenn Valerie das Zimmer sieht?", frage ich und alle drei schütteln den Kopf.

„Nein, das ist deine Sache."

Luke zwinkert mir zu und grinst, bevor er die Tür hinter sich zuzieht. Ich streiche mir mit einer Hand durch die Haare und seufze. Ach, fuck, was mache ich nur? Ich sehe mich um und muss lächeln. Es sieht toll aus, und ja, ich hoffe, Valerie wird sich freuen.

Kapitel 9

Valerie

Als Mom und ich vom Altersheim nach Hause kommen und die Diele betreten, kommt Erin uns entgegengelaufen und strahlt übers ganze Gesicht. Sie schlingt ihre Arme um meine Taille und ruft: „Da bist du ja. Ich hab schon so lange auf dich gewartet."

Ich streiche ihr liebevoll über das dunkle Haar und sage: „Wirklich? Warum, was ist denn los?"

Meine Schwester taucht hinter Erin auf und sagt grinsend: „Gar nichts. Wir haben dich einfach vermisst. Und ich glaube, da gibt es noch jemanden, dem du ziemlich fehlst."

Ich runzele die Stirn.

„Ach ja? Wen denn?"

Lindsay verdreht die Augen.

„Grandma natürlich, wen sonst?"

„Das stimmt ja auch", ruft Granny aus der Küche und ich muss lachen. Lindsay verrollt erneut die Augen.

„Das wissen wir, Granny, aber das war ein Witz."

„Das musst du dann aber dazusagen", flötet es aus der Küche und ich lache.

„Na, wie auch immer, vielleicht solltest du nach oben gehen und nach deinem hübschen Freund sehen. Ich glaube, er ist es, der dich ziemlich vermisst."

Lindsay packt mich am Arm und schiebt mich in Richtung Treppe.

„Du hast es aber eilig, meine Güte", murre ich und sehe sie misstrauisch an.

„Was hast du gemacht?"

Ich kann mir nicht vorstellen, dass Julian mich so dermaßen vermisst. Obwohl ich es mir wünschen würde. Dumme Nuss, die ich bin.

„Gar nichts, was soll ich gemacht haben?", sagt Lindsay mit einem unschuldigen Augenaufschlag, während Erin leise kichert. Ich sehe die beiden scharf an, wende mich dann aber ab und laufe kopfschüttelnd die Treppe hinauf. Tue ich ihnen eben den Gefallen und sehe nach meinem „Freund". Oben lehnt Luke neben seiner Zimmertür und grinst mich breit an. Was haben die bloß alle?

„Alles okay?", frage ich und er nickt.

„Klar."

Na ja, so klar erschien mir das die ganze Zeit nicht, aber zum Glück scheint es ihm besser zu gehen. Vielleicht haben ihm Julians Worte geholfen. Julian. Ob er sich etwas hingelegt hat? Weil sein Arm wehtut? Gott, es tut mir so leid, ich hätte aufpassen müssen. Da war es besser mit seinen Schmerzen und ich lasse mich auf ihn fallen. Wobei … das stimmt nicht, Julian war es, der dafür gesorgt hat, dass ich auf ihm lande und nicht mit dem Rücken aufs Eis krache. Manchmal steckt wohl doch ein kleiner Gentleman hinter seiner großen Klappe.

Jetzt stehe ich vor meiner Zimmertür, lege die Hand auf die Klinke und drücke sie vorsichtig nach unten. Ich erwarte, den Raum im Dunkeln vorzufinden und blinzele, als mich stattdessen warmer Lichterschein erwartet. Verdutzt bleibe ich stehen und starre in das Zimmer. Ein Weihnachtsmärchen breitet sich vor mir aus. So, wie ich es liebe. Gemütlich, verspielt und ja, ein bisschen kitschig.

„Das … oh mein Gott", flüstere ich und schaue mich atemlos um. Dabei trifft mein Blick auf Julian, der lässig an der Fensterbank lehnt und mich beobachtet. Zögernd trete ich ein und schließe die Tür hinter mir.

„Das ist ja … Ich weiß gar nicht, was ich sagen soll."

Ich drehe mich einmal um mich selbst und sauge all die Eindrücke in mich auf. Jetzt ist wirklich Weihnachten.

„Genau so mache ich das jedes Jahr. Genau so. Du …"

Ich wende mich zu ihm um, mein Blick taucht tief in das Grün seiner Augen.

„Wer war das? Ich meine … du? Du wusstest doch gar nichts davon."

Ich bin überwältigt und meine Knie zittern vor Glück und … ja, keine Ahnung vor was. Es scheint auf jeden Fall mit dem hübschen Typen in meinem Zimmer zu tun zu haben.

„Das? Das müssen Weihnachtselfen gewesen sein. Kann ich mir nicht anders erklären“, sagt Julian mit einem leichten Lächeln.

„Weihnachtselfen. Aha. Bist du einer davon?“

Ich gehe auf ihn zu und bleibe mit klopfendem Herzen und zitternden Knien dicht vor ihm stehen. Er senkt den Kopf und unsere Blicke halten sich ganz fest.

„Vielleicht.“

„Julian“, sage ich leise und er hebt den linken Mundwinkel zu diesem kleinen Lächeln, dem ich nichts entgegenzusetzen habe.

„Ja, okay, ich habe ein bisschen mitgeholfen. Wir haben das zusammen gemacht. Lindsay, Luke, Erin und ich.“

Ich schlucke.

„Dann war das Lindsays Idee?“, frage ich und fahre herum, als eine Stimme in meinem Rücken sagt: „Nein, das war seine. Ganz allein seine. Süß, oder?“

Lindsay, Erin und Luke stecken ihre Köpfe zur Tür herein und meine Schwester sagt: „Sorry, wir stören auch nicht, wollten nur kurz gucken, was du sagst. Aber so wie du strahlst, ist alles klar. Dann verschwinden wir jetzt wieder.“

Alle drei grinsen und winken, bevor sich die Tür hinter ihnen schließt. Ich wende mich zu Julian und stammele: „Aber … wie kann das deine Idee gewesen sein? Du wusstest doch gar nicht, dass ich das immer so mache.“

Er schüttelt langsam den Kopf und ich kann den Blick nicht von ihm lösen.

„Wusste ich auch nicht. Ich habe Lindsay und Erin auf dem Flur getroffen, als sie die Spieluhr anschauten."

Er deutet mit dem Kinn auf die Uhr, die auf der Kommode steht.

„Und Lindsay hat mir erzählt, dass du dein Zimmer dekorierst, seitdem du klein warst, nur dieses Jahr nicht. Meinetwegen. Und da dachte ich, warum denn eigentlich nicht?"

Er senkt den Kopf, sieht plötzlich etwas unsicher aus, was mir ein heftiges Ziehen am Herzen beschert.

„Na ja, ich hab gehofft, du würdest dich freuen. Deshalb."

„Das tu ich. Und wie. Das … das ist das schönste Geschenk überhaupt. Danke schön", flüstere ich. Es ist nicht nur das schönste Geschenk, es ist überhaupt das Schönste, was jemals jemand für mich gemacht hat. Besonders, was ein Mann für mich gemacht hat. Ich kann mir nicht vorstellen, dass Jeff oder einer meiner anderen Exfreunde auf so eine Idee gekommen wären. Im Gegenteil, sie hätten mir vermutlich nicht mal geholfen, wenn ich es selbst gemacht hätte. Jeff hat sich von Anfang an gern von mir bedienen lassen und ich Schaf habe mich dadurch auch noch geschmeichelt gefühlt. Geglaubt, er würde sich bei mir wohl und geborgen fühlen. Stattdessen war er einfach nur bequem und hat es genossen, eine so blöde Freundin zu haben, die bereitwillig gesprungen ist, wenn er gepfiffen hat. Vermutlich ist seine Ex, zu der er nun zurückgekehrt ist, noch höher gesprungen, weshalb er sie mir vorgezogen hat.

„Hey, alles okay?"

Julian legt einen Finger unter mein Kinn und hebt mein Gesicht an. Ich betrachte ihn und muss schlucken. Er sieht einfach unverschämt gut aus. Vermutlich rennen ihm die Mädchen die Bude ein und er ist auf so eine kleine Landmaus wie mich wirklich nicht angewiesen. Er muss mir nicht imponieren oder sich den Arsch aufreißen, damit er mal eine abbekommt. Warum also tut er das?

„Warum tust du das für mich?", frage ich leise. In dem tiefen Grün seiner Augen blitzt etwas auf, was mein dummes Herz noch heftiger pochen lässt. Etwas, was ich so noch bei keinem Mann gesehen habe. Fast könnte man denken, er … Nein, das kann nicht sein. Julian ist nicht in mich verliebt. Bei dem Wort „verliebt" zucke ich zusammen. Um Himmels willen, was geht nur in meinem Kopf vor sich? Bin ich so verzweifelt? Erhoffe ich mir so sehr eine Beziehung, dass ich mich quasi dem Erstbesten an den Hals werfen würde? Denn ob ich will oder nicht, ich empfinde etwas für Julian. Dass es ihm genauso geht, das kann nur Wunschdenken sein. Ich muss aufhören damit, auf der Stelle, sonst wird das wieder nur in Kummer enden. Ich will mich von ihm lösen, so weit wie möglich weggehen von ihm, doch ich bleibe stehen und starre wie hypnotisiert in seine Augen.

„Warum ich das tue? Das ist eine gute Frage, Schneewittchen. Soll ich ehrlich sein?"

Julians Samtstimme umwabert mein Gehirn und ich nicke. Er lächelt und streicht mit dem Daumen sanft über meine Wange, während sein Zeigefinger noch immer unter meinem Kinn liegt.

„Ich habe keine Ahnung. Ich bin nicht der Typ für so einen Romantikscheiß. Ich verschenke keine Pralinen und roten Rosen. Und ich dekoriere keine Zimmer mit weihnachtlichem Kitsch. Warum ich es für dich mache? Ich weiß es nicht."

Er senkt den Kopf und sein atemberaubender Duft steigt in meine Nase. Unwillkürlich hebe ich die Hände, klammere mich an seinem Pullover fest.

„Du machst irgendwas mit mir, Valerie, was mir verdammt nochmal wirklich nicht geheuer ist", murmelt er. Sein Mund ist jetzt ganz nah vor meinem und ich halte die Luft an. Sein Atem streift warm über meine Lippen, und in mir steigt eine Sehnsucht auf, die ich so noch nie empfunden habe.

„Was mache ich denn?", flüstere ich, während seine Lippen ganz sachte meinen Mundwinkel streifen.

„Das weiß ich nicht, aber glaub mir, ich werde es herausfinden. Ob du willst oder nicht."

Da ist er wieder, dieser selbstsichere Unterton in seiner Stimme. Ich schlucke, mobilisiere all meine Willenskraft und schiebe Julian ein Stückchen von mir weg. Dabei will ich das gar nicht. Ich will ihm so nah sein wie nur möglich. Mich von ihm küssen und halten lassen. Aber ich bin mir nicht sicher, was das hier für ihn ist. Ob er mich nur herumkriegen will. Sich selbst beweisen, dass er es kann.

„Lass mich mal sehen, was ihr alles aufgestellt habt",

bringe ich mühsam hervor und lächele etwas gequält. Julian mustert mich forschend, dann gleitet ein spöttisches Lächeln über sein Gesicht.

„Scheiße, hast du eine Angst vor mir."

Ich reiße empört die Augen auf.

„Was? Warum sollte ich Angst vor dir haben? Bilde dir mal nur nicht zu viel ein", zische ich und er grinst breit.

„Und ob du das hast. Du hast tierisch Schiss, dass ich dir zu nahe kommen und hinter deine Miss-Rühr-mich-nicht-an Fassade schauen könnte. Und weißt du was? Ich glaube, hinter dieser Fassade steckt ein Mädchen, das gerade nichts mehr will als mich."

Frustriert schnappe ich nach Luft. Das ist er wieder. Der Julian, der mich einfach komplett irre macht.

„Da glaubst du aber falsch, mein Lieber. Und zwar so was von. Weißt du, was ich will? Meine Ruhe vor Typen wie dir, die denken, sie müssten nur einmal süß lächeln und alle Frauen würde vor ihnen auf die Knie fallen. Vergiss es, Julian, da kannst du bei mir lange warten."

Er lacht leise und zu meinem Ärger durchflutet ein wohliger Schauer meinen Körper. Ich funkele ihn wütend an und fauche: „Hast du das hier nur aus Berechnung gemacht? Um mich rumzukriegen?"

Er lehnt sich gegen die Fensterbank, verschränkt die Arme vor der Brust und sieht mich an. Ich schlucke und blinzele nervös.

„Nein, dazu müsste ich nicht so einen Aufwand betreiben", sagt er lässig und ich möchte ihn schlagen. Denn sosehr es mich auch ärgert, ich fürchte, er hat nicht ganz unrecht mit diesen Worten. Natürlich würde ich mir eher die Zunge abbeißen, als das zuzugeben.

„Du denkst also, ich warte nur darauf, mit dir ins Bett steigen zu können?"

Ich stemme die Fäuste in die Seite und funkele ihn böse an. Er lächelt und nickt. Mein Mund öffnet sich empört und schließt sich wieder. Der Typ macht mich sprachlos.

„Das … das stimmt überhaupt nicht", bringe ich hervor und würde mir am liebsten selbst eine scheuern. Warum stottere ich hier so herum, anstatt ihm ordentlich die Meinung zu geigen?

„Ach, komm schon, Val, was ist denn dabei, dass du mir an die Wäsche willst? Ich bin scharf, wir sind jung, also wo ist dein verdammtes Problem?"

Ich starre ihn an, suche nach Worten, doch dann stutze ich. Das amüsierte Funkeln in seinen Augen irritiert mich.

„Verarschst du mich gerade?"

Er mustert mich, dann legt er den Kopf in den Nacken und lacht.

„Scheiße, Schneewittchen, bist du leicht aus dem Konzept zu bringen. Sorry, aber ich konnte nicht widerstehen. Dein Gesicht eben war göttlich."

Er streckt den Arm aus und zaust mir leicht durch die Haare. Wütend schlage ich seine Hand weg und funkele ihn an.

„Was … Du …"

Mir fällt nichts ein, und ich merke, wie sich die

Empörung in mir löst, und schließlich muss ich auch lachen. Ich schüttele den Kopf und stoße hervor: „Du bist so ein Idiot, ehrlich."

Er zuckt mit den Schultern und grinst.

„Manchmal. Habe ich nie abgestritten. Wieder Freunde?"

Er hält mir die Hand hin und ich verdrehe die Augen. Schließlich ergreife ich sie und seine Finger umschließen fest meine Hand. Es fühlt sich mal wieder viel zu gut an und ich seufze innerlich. Auch wenn er nur Spaß gemacht hat, fühle ich, dass sich ein Körnchen Wahrheit hinter seinen Worten verbirgt. Vielleicht sogar ein ziemlich großes Körnchen. Bei dem Gedanken an ihn und mich … ich weiß nicht, ob ich ihm widerstehen könnte, würde er es darauf anlegen, mich herumzukriegen. Dafür fahren meine Gefühle zu sehr auf der wilden Achterbahn.

„Freunde. Und danke. Für das hier. Auch wenn du deinen Bonus gerade wieder so ziemlich verspielt hast", brumme ich.

Julian sieht mich aufmerksam an, sein Daumen malt kleine Kringel auf meinen Handrücken.

„Das, was ich vorhin gesagt habe, dass du was mit mir machst, was ich mir nicht erklären kann, ist übrigens die Wahrheit. Und auch, dass ich herausfinden werde, was das ist. Stell dich also drauf ein, Valerie."

Seine Stimme klingt sanft, ein bisschen rau und seine Augen funkeln im Kerzenlicht. Am liebsten möchte ich mich einfach in seine Arme fallen lassen und mit ihm zusammen herausfinden, was da zwischen uns ist. Aber dafür habe ich wirklich viel zu viel Angst vor ihm. Vor dem, was er mit meinem Herzen veranstalten könnte. Noch nie hat mich jemand so durcheinandergebracht wie Julian. Und noch nie hatte ich das Gefühl, jemand könnte mir so wehtun. Nach zwei Tagen. Es ist zum Mäusemelken, wirklich.

„Dann tu, was du nicht lassen kannst", sage ich betont schnippisch und ziehe meine Hand aus seiner. Wir sehen uns noch einen Moment an, dann wende ich mich ab.

„Sind alle da?"

Mein Vater schreitet die Reihe der Familienmitglieder ab wie ein Feldmarschall und betrachtet alle von oben nach unten. Wir stehen nebeneinander aufgereiht im Flur und sind bereit zum traditionellen Weihnachtsbaumschlagen der Familie Davis. Außer Mom, Granny und Matt sind alle angetreten, um sich dieses Ereignis nicht entgehen zu lassen. Die einen mit mehr, die anderen mit weniger Begeisterung. Andrew, Lindsay und Erin strahlen um die Wette, denn für die drei ist das Weihnachtsbaumschlagen immer eine großartige Sache. Luke dagegen zieht ein langes Gesicht, und man sieht ihm an der Nasenspitze an, wie viel Lust er auf diese Aktion hat. Julian steht neben mir, und ich bin mir nicht sicher, was er von der ganzen Sache hält.

„Ja, wenn alle da sind, dann können wir los."

Mein Vater ist in seinem Element und wendet sich nun an Julian: „Das ist dein erstes Mal, dass du dabei bist, Junge.

Vielleicht findest du ja den schönsten Baum für unser Fest."

Er klopft Julian auf die Schulter und dieser nickt ergeben.

„Ich gebe mein Bestes."

Ich grinse in mich hinein, während ich die Mütze aufsetze und die Handschuhe überstreife. Mom taucht in der Küchentür auf, Matt an der Hand.

„Bis nachher, ihr Lieben, und viel Spaß. Bringt einen schönen Baum nach Hause. Und dann gibt es Waffeln mit Sahne und Kirschen."

Julian beugt sich zu mir und flüstert mir ins Ohr: „Diese Aussicht hat was. Klingt fast so verheißungsvoll wie eine Nacht mit dir."

„Haha, sehr witzig."

Ich strecke ihm die Zunge heraus und er lacht. Lindsay, die an uns vorbeigeht, flötet: „Ach ja, was sich liebt, das neckt sich."

Ich schneide ihr eine Grimasse und sie zuckt grinsend mit den Schultern.

Gleich darauf machen wir uns alle auf den Weg in Richtung Waldschonung, wo heute das große Christbaumschlagen stattfindet. Julian hat meine Hand genommen und ich überlasse sie ihm teils widerwillig, teils nur allzu gerne. Wir stapfen durch den hohen Schnee, ich fühle Julians Hand, die meine hält, höre das Plaudern und Lachen meiner Familie um mich herum und bin glücklich. Ja, verdammt, ich bin so glücklich wie ewig nicht mehr.

Und alles, was ich mir gerade wünsche, ist, dieses Gefühl für immer festzuhalten.

Nach zwanzig Minuten Durch-den-Schnee-stapfen erreichen wir die Waldschonung, wo schon einiges los ist. Viele Familien nutzen die Gelegenheit, sich einen frischen, selbst geschlagenen Weihnachtsbaum zu besorgen. Auch wir machen das so, seit ich denken kann, und es ist jedes Jahr aufs Neue ein Riesenspaß. Es ist einfach etwas anderes, sich den Baum im Wald auszusuchen und ihn selbst zu schlagen, als ihn bei einem Händler zu kaufen. Man trägt ihn danach stolz nach Hause, und wenn er dann im Wohnzimmer steht und seinen Duft ausströmt, das ist einfach unbeschreiblich schön. Ich merke, wie Julian mich von der Seite ansieht.

„Was?“, frage ich etwas irritiert.

„Unbeschreiblich schön? Was genau?“

Erschrocken kneife ich die Augen zusammen. Habe ich das laut ausgesprochen? Es ist eine schreckliche Angewohnheit von mir, Dinge manchmal auszusprechen, die ich eigentlich nur denken will. Und oft bemerke ich es noch nicht einmal. Das hat bei meiner Familie und Freunden schon für manche Erheiterung gesorgt.

„Äh … ja, der Baum. Also wenn der Baum dann im Wohnzimmer steht und duftet, das ist unbeschreiblich schön.“

Meine Güte, wie bescheuert klingt das denn? Als hätte ich sie nicht mehr alle. Julian nickt langsam.

„Okay. Ja, das kann ich mir vorstellen. Ist sicher toll, einen selbst geschlagenen Baum aufzustellen."

Ich mustere ihn misstrauisch. Kein Spott? Kein dummer Witz auf meine Kosten? Eigentlich nutzt er solche Gelegenheiten doch gerne, um mich aufzuziehen. Jetzt ist sein Lächeln allerdings offen und die blöden Schmetterlinge in meinem Bauch machen sich mal wieder selbstständig. Wie armselig ist das denn? Ein hübscher Kerl schenkt mir ein nettes Lächeln und ich fange an zu schweben wie eine bunt flirrende Seifenblase. Mein Gott, Valerie, reiß dich endlich zusammen.

„Ja, ist es", sage ich patziger als gewollt und zeige mit dem ausgestreckten Arm nach vorn.

„Dahinten gibt es Tee, Glühwein und Kuchen. Und Sandwiches werden auch verkauft, falls du Hunger hast."

„Nein, danke. Außerdem freue ich mich viel zu sehr auf die Waffeln deiner Mom, als dass ich jetzt irgendein Sandwich verdrücken würde."

Ich nicke.

„Gute Entscheidung, denn ihre Waffeln sind legendär."

Ich schaue mich um. Es herrscht reges Treiben auf dem Platz. Familien laufen umher, Kinder sitzen auf Schlitten und werden von ihren Eltern hinter sich hergezogen. Zwei Hunde stromern schnüffelnd durch den Schnee. Es duftet nach Tannenbäumen, Glühwein und Zimt.

„Das ist Joe, ein alter Freund von mir. Joe, das ist Jeff, mein künftiger Schwiegersohn."

Mein Vater hat Julian am Ärmel gepackt und ihn zu

seinem Kumpel Joe geschleift, der hier das Sagen hat. Mir bleibt vor Schreck der Mund offen stehen. Wie hat mein Dad Julian gerade genannt? Seinen künftigen Schwiegersohn. Mein Blick flackert nervös zu Julian, der jedoch gelassen wirkt und Joe die Hand schüttelt.

„Valerie, da hast du dir aber einen schmucken jungen Mann ausgesucht. Das wurde ja auch Zeit“, dröhnt Joe und ich lächele schief. Ja, das wurde es wohl. Ich stelle mir gerade vor, wie ich hier als das arme Opfer herumlaufen würde, wenn alle wüssten, dass der echte Jeff mich abserviert hat und der schmucke junge Mann an meiner Seite nur ein Fake ist.

„Wann wird denn geheiratet? Phil, ich kann euch jede Menge Bierbänke und -tische besorgen, wenn ihr auf dem Hof feiern wollt.“

Also das geht mir jetzt zu weit und ich sage energisch: „Darüber haben wir noch überhaupt nicht geredet. Dad, was erzählst du denn?“

Ich sehe meinen Vater vorwurfsvoll an, der etwas zerknirscht guckt.

„Na ja, ich dachte halt. Weil ihr doch so verliebt seid. Deine Mutter und ich haben auch nicht lange gebraucht, um zu wissen, dass wir zusammenbleiben wollen. Entweder es passt oder es passt nicht.“

Ich schaue zu Julian, der offenbar Gefallen an der Unterhaltung findet. War ja klar. Er tritt neben mich und legt mir den Arm um die Schultern.

„Ja, Schatz, entweder es passt oder es passt nicht. Ich würde sagen, bei uns passt alles, was?“

Er streicht mit dem Zeigefinger seiner behandschuhten Hand über meine Wange und grinst breit. In seinen Augen funkelt es amüsiert, und ich hätte gute Lust, ihm ans Schienbein zu treten.

„Ja, passt schon“, murmele ich und mein Vater nickt zufrieden.

„Na also. Aber gut, darüber müssen wir ja nicht jetzt reden. Auf geht’s, bevor die schönsten Bäume alle weg sind.“

Wir verabschieden uns von Joe und stapfen durch den Schnee hinein in die Tannenbaumschonung. Und es ist, wie es immer ist. Die Welt wird verschluckt vom Zauber der Winterlandschaft. Der Schnee knirscht unter unseren Sohlen. Weihnachten steht endgültig vor der Tür. Wir kämpfen uns zwischen den Bäumen hindurch, diskutieren uns die Köpfe heiß, bewerfen uns mit Schneebällen und nehmen hin und wieder einen Schluck Glühwein aus den mitgebrachten Thermoskannen.

„Wo steckt Jeff?“

Lindsay dreht sich suchend um die eigene Achse. Ich hebe den Kopf und sage: „Keine Ahnung, eben war er noch hier.“

Ich schaue mich um und entdecke ihn ein paar Meter weiter. Er winkt uns zu und ruft: „Kommt mal her. Ich glaube, ich habe den perfekten Baum gefunden.“

Wir stapfen alle durch den hohen Schnee zu ihm hinüber und … da ist er … der perfekte Baum der Familie Davis. Mein Vater strahlt und sagt: „Ich wusste doch, dass der Junge was taugt. Gute Wahl, Jeff, der ist wunderschön."

Er klopft Julian anerkennend auf die Schulter.

„Da, das ist dein Baum, du darfst ihn fällen."

„Aber … Jeff hat den verletzten Arm", sage ich, doch Julian winkt ab.

„Kein Problem. Das Baby schaff ich schon."

Wir stehen alle gespannt um ihn herum, und als er zum ersten Schlag ansetzt, jubeln alle, und Erin klatscht begeistert in die Hände. Sogar Luke sieht fröhlich aus, was mich freut. Aber am meisten freut mich Julians Gesichtsausdruck. Ich glaube, es macht ihm richtig Spaß und er fühlt sich wohl mit uns. Das macht mich glücklich und lässt mich für kurze Zeit vergessen, dass unser Glück nicht echt ist. Leider hat er sich mit seinem Arm doch etwas verschätzt, denn bereits nach kurzer Zeit sehe ich ihm an, dass er Schmerzen hat, und sage schnell: „Dein Arm tut weh, hab ich recht? Jetzt spiel hier nicht den Helden, ja? Dad, kannst du bitte übernehmen?"

Mein Vater nickt und sagt: „Gib mal her, Jeff. Nächstes Jahr lässt du dein Motorrad stehen, dann klappt das auch mit dem Baum."

Alle lachen, und Grandpa klopft Julian auf die Schulter, als der die Axt an meinen Vater weitergibt.

„Mach dir nichts draus, Junge, wir werden noch viele Bäume fällen. Dein Arm muss gesund werden, das ist das Wichtigste."

Julian nickt, und ich trete neben ihn und schnappe ihn vorsorglich an der Hand, bevor er auf weitere dumme Ideen kommen kann.

Nachdem der Baum gefallen ist, ziehen wir ihn zum Hauptplatz, wo er bezahlt und in ein Netz gesteckt wird, damit beim Heimtransport keine Zweige abbrechen werden. Die Männer tragen ihn und wir Frauen laufen plaudernd und kichernd hinter ihnen her. Zu Hause warten bereits Mom, Granny und Matt auf uns, die den Baum natürlich gebührend bewundern. Nachdem er aus dem Netz geschnitten und in den Christbaumständer verfrachtet wurde, steht er nun im Wohnzimmer und wir stehen einträchtig davor.

„Der ist wirklich besonders schön dieses Jahr“, sagt meine Mutter und Matt auf ihrem Arm nickt bekräftigend.

„Aber jetzt gibt es erst mal was zu futtern“, sagt Grandma und scheucht uns alle in die Küche, wo es herrlich nach Waffeln und Kakao duftet. Julian sitzt neben mir, und ich ertappe mich dabei, wie ich immer wieder verstohlen zu ihm hinschiele. Er wirkt gelöst und glücklich, was mir schon wieder dieses blöde Ziehen in der Herzgegend beschert. Vergebens versuche ich mich zur Ordnung zu rufen. Dass er sich hier so wohlfühlt, muss nicht zwingend an mir liegen, und schon gar nicht muss es bedeuten, dass er irgendwelche Gefühle für mich hat. Die meisten Leute fühlen sich bei meiner Familie wohl. Jetzt schaut er zu mir und sagt: „Du hast nicht zu viel versprochen, die Waffeln sind wirklich legendär.“

Er sieht zu Mom und sagt: „Das sind die besten Waffeln, die ich je gegessen habe, Martha. Auf jeden Fall.“

Meine Mutter strahlt selig und ich senke den Kopf. Alle mögen Julian, den sie für meinen Freund Jeff halten. Und ich habe keine Ahnung, wie ich ihnen erklären soll, dass er nach den Feiertagen aus unserem Leben verschwinden wird. Ich habe ja nicht mal Ahnung, wie ich das meinem eigenen dummen Herzen erklären soll.

Kapitel 10

Julian

NACHDEM ERIN UND MATT IM BETT SIND, SAGT Henderson: „So, jetzt kommt die große Stunde. Wir schmücken den Baum."

Er sagt das ganz feierlich und ich muss schmunzeln. Ich gebe es nicht sonderlich gern zu, aber ich mag diese Familie. Jeder ist auf seine etwas verrückte Art nett und liebenswürdig. Und der Gedanke, sie bald nicht mehr wiederzusehen, gefällt mir nicht. Sie werden enttäuscht sein und denken, ich wäre ein gewissenloser Arsch, der Valerie nur ausgenutzt hat so wie all ihre bisherigen Typen. Und verdammt, ja, es stört mich, dass sie so über mich denken werden. Es stört mich viel mehr, als es sollte, denn diese Menschen sollten mir gleichgültig sein. Valerie sollte mir gleichgültig sein. Ich hebe den Kopf, spüre den nachdenklichen Blick von Valeries Grandma auf mir ruhen. Sie kommt zu mir herüber, legt ihre Hand auf meinen Arm und sagt: „Ist alles nicht so einfach, was?“

„Was genau?“, frage ich.

Sie lächelt fein.

„Die Sache mit der Liebe. Ich sage dir etwas, mein Junge. Liebe ist mit das kostbarste Geschenk auf der Welt. Man muss sie sich verdienen und sie hegen und pflegen. Und man muss ehrlich sein mit seinen Gefühlen. Ehrlichkeit ist das Wichtigste.“

Sie tätschelt meinen Arm und mir wird heiß. Weiß sie etwas? Nein, das ist unmöglich. Sie kann nichts wissen. So sehr verplappert haben wir uns gar nicht. Bisher konnten wir doch alle Schnitzer ziemlich glaubwürdig ausbügeln. Oder nicht?

„Du und Valerie, ihr macht das schon, da bin ich mir sicher“, fügt sie hinzu. In dem Moment tauchen Henderson, Andrew und Phil mit den Kisten voller Weihnachtsschmuck auf und Millie eilt zu ihnen. Ich atme auf und suche Valeries Blick. Sie zieht fragend die Augenbrauen hoch und ich zucke mit den Schultern.

Während die Frauen die Kisten auspacken, drückt Phil mir ein Glas Whisky in die Hand.

„Hier. Kannst du vertragen nach dem Tag.“

„Danke“, murmele ich und nippe an dem Getränk. Phil, Henderson und Andrew unterhalten sich, während ich meinen Blick nicht von Valerie abwenden kann. Wie anmutig sie sich bewegt. Wie sie ihr Haar über die Schulter streicht. Wie sie lächelt. Als ich hochschaue, bemerke ich die amüsierten Blicke der drei Männer und räuspere mich verlegen. Phil klopft mir schmunzelnd auf die Schulter, und ich fühle, wie das schlechte Gewissen sich verstärkt.

In Gemeinschaftsarbeit schmücken wir den Baum, es wird gelacht und gescherzt, und irgendwie vergesse ich fast, dass ich nicht hierhergehöre. Henderson holt eine kleine Holzkiste aus der Truhe und öffnet sie bedächtig. Er hebt eine bunte Kugel nach der anderen heraus und legt sie vorsichtig nebeneinander auf den Wohnzimmertisch.

„Hier, schau."

Martha winkt mich zu sich und ich trete neben sie.

„Das sind unsere Familienkugeln. Das hier ist die von Phil und mir. Sie ist schon so alt, wie wir verheiratet sind. Das hier ist die von Granny und Grandpa."

Sie lächelt und ich bücke mich etwas tiefer. Die Kugeln sind wunderschön. Aus zartem Glas gearbeitet, mit weihnachtlichen Ornamenten aus Gold verziert und auf jeder Kugel stehen die Namen des jeweiligen Paares. Oder ihrer Kinder. Henderson und Millie. Phil und Martha. Andrew und Lindsay. Luke. Erin und Matt. Ich blinzele, als ich die letzte Kugel betrachte, die Martha nun vorsichtig aus der Kiste nimmt und sie mir hinhält. Sie schimmert in einem zarten Blau und in goldenen Buchstaben steht darauf: Jeff und Valerie.

„Die ganze Zeit hatte Valerie eine Kugel für sich allein, aber wir glauben, es ist richtig, dass dein Name dabei ist. Wir waren uns erst nicht sicher, ob es nicht zu früh ist, wollten auch nicht übergriffig sein. Aber jetzt, nachdem wir dich kennengelernt haben, sind wir sicher. Du bist der Richtige für unsere Val, und wir sind sehr stolz und glücklich, dich in unserer Familie willkommen zu heißen."

Martha strahlt mich an, und ich fühle, sie meint ihre Worte ernst. Diese Menschen kennen mich kaum, öffnen mir aber bereitwillig ihre Tür und ihre Herzen. Dabei ist es nicht mal mein richtiger Name, der da auf dieser Kugel steht. Wenn sie erfahren, was hier gespielt wird, werden sie zu Recht enttäuscht sein von mir. Und womöglich auch von Val. Ich hebe den Kopf und suche nach ihrem Blick. Sie steht ganz starr da und ihr Blick ist bestürzt. Ich kann mir lebhaft vorstellen, wie sie sich gerade fühlt. Bestimmt nicht besser als ich. Da Martha mich immer noch erwartungsvoll ansieht, sage ich schließlich: „Das ... das ist wirklich sehr nett. Vielen Dank."

Ich komme mir vor wie ein Schuft oder ein Hochstapler. Heiratsschwindler würde vielleicht auch passen. Ich finde das gerade richtig scheiße, diesen netten Leuten ins Gesicht lügen zu müssen, andererseits ist es wohl nicht meine Sache, die Angelegenheit aufzuklären. Ich kann und will Valerie nicht in den Rücken fallen. Endlich erwidert sie meinen Blick, und ich sehe, wie gerne sie ihrer Familie die Wahrheit sagen möchte. Dass sie sich das hier alles anders, irgendwie einfacher und vermutlich auch spielerischer, vorgestellt hat. Oder es sich einfach gar nicht vorgestellt hat, denn ich glaube nicht, dass sie vorher schon mal in so einer Situation war. Sie wollte dem Mitleid ihrer Familie aus dem Weg gehen und hat sich keine Gedanken über mögliche

Verwicklungen gemacht. Dafür war ja auch gar keine Zeit. Jetzt allerdings merkt sie, dass es immer zu Verwicklungen kommt, wenn Menschen und Gefühle involviert sind. Ich glaube, Valerie inzwischen so gut zu kennen, um sagen zu können, dass sie kein Mensch ist, der andere leichtfertig kränkt oder verletzt. Und jetzt gerade hat sie das Gefühl, etwas völlig Falsches zu tun, und weiß doch nicht, wie sie sich aus der Lage befreien kann. Ich schüttele leicht den Kopf. Ich kann nicht mit ansehen, wie sie jetzt unbedacht alles aufklärt und dann dem Unwillen und vielleicht auch dem Spott ihrer Familie ausgesetzt ist. Und ich will nicht, dass so kurz vor dem Fest Ärger und Enttäuschung aufkommen. Wir werden das durchziehen, danach werde ich verschwinden, und wenn Valerie wieder zu Hause ist, kann sie ihrer Familie erzählen, ich hätte sie sitzen lassen. Sie kann ruhig alle Schuld auf mich schieben, wen juckt's. Ich werde die Leute vermutlich nie wiedersehen, aber Valerie wird nicht als Lügnerin dastehen. Ich sehe, wie sie den Mund aufmacht, und trete rasch zu ihr, lege den Arm um sie und ziehe sie an mich.

„Das ist aber eine schöne Überraschung, findest du nicht, Schatz?"

Ich sehe sie beschwörend an und sie blinzelt nervös.

„Mhm, ja", murmelt sie und ich nicke. Ich sehe deutlich, wie unsicher sie ist, beuge mich zu ihr und küsse sie auf die kleine Kuhle unter dem Ohr. Dabei flüstere ich: „Klappe, Schneewittchen, okay? Wir sind so weit gekommen, jetzt ziehen wir das auch durch. Schön ruhig bleiben, Baby."

Ich knabbere leicht an ihrem Ohrläppchen und merke, wie sie eine Gänsehaut bekommt. Vermutlich mag sie es, was ich hier mache, und würde mir gleichzeitig am liebsten mit zwei Füßen ins Gesicht springen. Ihr zarter Duft steigt in meine Nase und ich schlucke. Fuck, ich habe es gerade nötig, mich über Valeries Gefühlsverwirrung lustig zu machen. Bin ich vielleicht besser dran? Am liebsten würde ich sie ganz fest an mich ziehen, sie küssen, bis ihr die Luft wegbleibt, sie nach oben tragen und sie die ganze Nacht hindurch lieben, bis wir erschöpft ineinander verschlungen einschlafen. Ich spüre die Blicke der Familie auf uns ruhen, räuspere mich und rücke ein Stück von Valerie ab. Mit einer Hand fahre ich mir durch die Haare, während ein Lächeln über mein Gesicht gleitet, als ich Valeries Gesichtsausdruck sehe und genau erkennen kann, dass ihr ganz ähnliche Gedanken durch das hübsche Köpfchen spuken. Sie starrt mich an, jetzt wird sie ein bisschen rot und schaut verlegen zu Boden. Phil und Henderson kramen geschäftig in einer Kiste, Andrew grinst breit, während Martha und Lindsay uns verzückt anschauen. Nur Millie mustert uns nachdenklich. Manchmal denke ich, die kleine, alte Frau hat den siebten Sinn oder so was und kann in meinen Kopf schauen. Und meine Gedanken lesen.

„Ja, also, wie gesagt, vielen Dank, ich freu mich sehr darüber“, sage ich.

„Dafür musst du dich nicht bedanken, du gehörst ja nun zu uns“, sagt Martha, und ich schiele zu Millie, die Valerie und mich nach wie vor im Blick hat. Ich sehe, wie in ihren

Augen Schalk aufblitzt, und sie sagt: „Ja, ich glaube auch, dass der Junge hierhergehört. Auch wenn er sich selbst erst noch an den Gedanken gewöhnen muss, stimmt's, Jeff?"

Bilde ich es mir ein oder betont sie den Namen etwas merkwürdig?

„Ähm, ja", murmele ich und Millie nickt.

„Es kommt alles, wie es kommen soll. Und jetzt lasst uns den Baum schmücken."

Am nächsten Morgen erwache ich früh und im Haus ist noch alles still. Einen Moment lang bleibe ich liegen, dann rappele ich mich hoch und setze mich auf. Es ist nicht ganz dunkel im Zimmer, da wir die Jalousien nicht geschlossen haben und von draußen etwas Licht hereinfällt. Mein Blick fällt auf Valerie, die noch tief und fest schläft. Wie anscheinend meistens hat sie die Bettdecke halb von sich gestrampelt und lässt ein Bein über den Bettrand baumeln. Ihr Nachthemd ist bis zu ihrer Hüfte nach oben gerutscht und gibt den Blick auf einen süßen, rosafarbenen Spitzenslip frei. Ich muss lächeln. Der Slip steht in ziemlichem Kontrast zu dem komischen Flanellnachthemd. Aber das ist Valerie. Süß und sexy zugleich. Lustig und nachdenklich. Nach außen so gelassen und doch sehe ich oft eine tiefe Verletzlichkeit und Unsicherheit in ihren Augen aufblitzen. Ohne mich hier in psychologischen Vermutungen zu verlieren, von denen ich keine Ahnung habe, wage ich zu behaupten, dass die Zurückweisungen durch ihre Kerle sie mehr getroffen haben, als sie zugeben möchte. Sie hat Angst. Sich zu verlieben. Jemandem zu vertrauen. Angst, erneut enttäuscht und verletzt zu werden. Deshalb auch der ganze Zirkus hier. Wäre es nicht so, würde sie ihrer Familie einfach sagen, dass ihr bescheuerter Freund abgehauen und zu seiner Ex zurückgegangen ist. Ich wende den Blick zum Fenster. Draußen ist es noch dunkel, doch am Himmel kann man bereits den heraufziehenden Tag erkennen. Es ist der letzte Tag vor Weihnachten. Nach den Feiertagen werden sich Valeries und meine Wege trennen, und sie muss ihrer Familie wohl oder übel mitteilen, dass sie wieder verlassen wurde. Klar, dann kann sie es aus der sicheren Entfernung ihrer Wohnung tun, muss nicht die rührseligen Feiertage mit ihnen verbringen und ihr Mitleid ertragen. Bis zum nächsten Treffen wird die Familie sich dann hoffentlich wieder eingekriegt haben. Trotzdem … der Gedanke gefällt mir nicht, dass Valerie schon wieder von allen bemitleidet wird. Sie ist das tollste Mädchen, das ich je getroffen habe, und sie löst Gefühle in mir aus, die ich so nicht kenne. Und auch nicht kennen wollte, ehrlich gesagt. Ich bin gern Single, genieße es, dass ich machen kann, wozu ich Lust habe. Wenn ich an einem Sonntag stundenlang mit dem Motorrad durch die Gegend fahren will, dann tue ich das. Wenn ich meine Wäsche erst wasche, wenn ich keine frischen Socken mehr im Schrank habe, dann juckt das niemanden, ebenso wenig, wenn ich mein Geschirr erst spüle, wenn ich keine Tasse mehr finde. Okay, so schlimm bin ich nicht, aber ehrlich, ich liebe meine Freiheit. Zumindest meistens. Ich streiche mir mit einer

Hand durch die zerzausten Haare und erhebe mich von meinem Lager. Ich trete ans Fenster und schaue hinaus. Unten läuft Henderson über den Hof, auf dem Weg zum Stall. Wann er wohl zum letzten Mal ausgeschlafen hat? Vermutlich würde er mich verwundert ansehen, würde ich ihm diese Frage stellen. Phil und Henderson führen die Ranch mit ganzem Herzen, und das, was für andere unvorstellbar ist, ist für sie ihr Leben, das sie für nichts eintauschen würden. Sie sind glücklich mit ihrer Arbeit, durch die sie nicht reich werden, die sie aber jeden Tag aufs Neue mit Zufriedenheit erfüllt. Und glücklich mit ihren Frauen und ihrer Familie. Es mag wohl hier auch nicht immer alles eitel Sonnenschein sein, aber sie haben einander. Meine Gedanken schweifen zu meinem kleinen Appartement. Ja, ich kann dort tun und lassen, was immer ich will. Aber ich bin auch allein. Niemand wartet auf mich, wenn ich abends nach Hause komme. Niemand fragt, wie mein Tag war, oder nimmt mich in den Arm, wenn etwas beschissen gelaufen ist. Es ist ein freies, aber oft auch einsames Leben. Die Mädchen, die eine oder mehrere Nächte in meinem Bett verbringen, denen ist es egal, ob es mir gut geht oder nicht. Ob sich hinter dem Lächeln Kummer verbirgt. Hauptsache, ich bringe es im Bett und wir haben Spaß miteinander. Das klingt krass, ist aber so. Fairerweise muss ich sagen, es ist umgekehrt aber nicht anders. Habe ich mich je für eine wirklich interessiert? Außer dafür, ob sie einen heißen Arsch und hübsche Titten hatte? Nein! Ich wende mich vom Fenster ab und betrachte

Valerie. Sie sieht so jung und zerbrechlich aus in ihrem Bett. Wie Schneewittchen eben. Ich spüre ein Ziehen in der Brust und schlucke. Fuck, ich habe ein echtes Problem. Ich weiß, dass ich ein Arsch sein kann, nicht immer Rücksicht auf meine Mitmenschen nehme, und mit Liebe kenne ich mich in etwa so gut aus wie der Weihnachtsmann mit Ostereiern. Ich weiß nicht mal, ob ich das könnte, jemanden glücklich machen. Für jemanden da sein. Und Valerie verdient eindeutig nur das Beste. Und keinen Kerl, der sie schon wieder verletzt.

Leise trete ich neben das Bett und gehe vorsichtig in die Hocke. Valerie hat mir das Gesicht zugewandt und ich muss lächeln. Sie ist so fucking hübsch, unglaublich. Sachte hebe ich die Hand und streiche ihr eine lange Haarsträhne aus den Augen. Sie blinzelt etwas, schläft aber weiter.

„Was zur Hölle machst du mit mir, hm? Weißt du, dass du mir ganz schön den Kopf verdreht hast? Du bist die Erste, die das geschafft hat, und ehrlich gesagt weiß ich nicht, wie ich damit umgehen soll."

Ich spreche ganz leise, damit sie nicht aufwacht, aber es fühlt sich trotzdem gut an, ihr das zu sagen. Vielleicht gerade, weil sie es nicht hören kann. Wäre sie wach, würde ich einen Teufel tun, ihr solch einen Einblick in meine Gefühle zu geben. Aber das werde ich wohl müssen, wenn ich wenigstens den Hauch einer Chance bei ihr haben will. Aber will ich das? Könnte ich mir vorstellen, mein ganzes Leben umzukrempeln und mich auf jemanden einzulassen? Mein Studium ist bald beendet, danach werde ich auf

Jobsuche gehen, der Zeitpunkt für einen Neuanfang wäre also nicht der schlechteste. Mit dem Zeigefinger fahre ich ganz vorsichtig über Valeries Wange und schlucke. Sie und ich? Wäre das vorstellbar? Oder doch nicht? Ich will nicht der nächste Typ werden, der sie verletzt.

„Ich will dir nicht wehtun, weißt du? Aber ich hab keine Ahnung, ob ich das kann mit dem ganzen Liebesscheiß und so. Mal davon abgesehen, dass ich nicht mal weiß, ob du das überhaupt wollen würdest. Vielleicht kannst du es ja kaum erwarten, dass ich endlich aus deinem Dunstkreis verschwinde."

Okay, ich bin zwar nicht Romeo persönlich, aber dass ich Valerie nicht kaltlasse, ist mir dennoch aufgefallen. Aber ich weiß auch, dass sie Angst hat. Und Angst kann lähmen. Und Entscheidungen verhindern. Oder zu falschen Entscheidungen verleiten. Valeries Augenlider flattern und ich ziehe hastig meine Hand zurück.

„Julian", murmelt sie und rollt sich auf die andere Seite. Ich verharre noch einen Moment neben dem Bett, dann erhebe ich mich und gehe ins Bad, um zu duschen.

Kapitel 11

Valerie

„HABT IHR ALLES? KÖNNEN WIR DANN LOS?“

Mom schaut fragend in die Runde. Meine Familie wuselt aufgedreht in der Küche und im Flur herum, nur Grandpa steht wie ein Fels in der Brandung in der Tür.

„Von mir aus können wir“, sagt Lindsay, während sie versucht, ihren Sohn daran zu hindern, sich andauernd die Mütze vom Kopf zu reißen.

„Matt, wenn du nicht auf der Stelle damit aufhörst, wird Santa dir keine Geschenke bringen.“

Der Kleine verzieht weinerlich das Gesicht und Granny schnaubt: „Erzähl dem Kind doch keinen Unsinn. Natürlich bringt Santa dir Geschenke, Matti, aber die Mütze musst du aufsetzen, sonst bekommst du Ohrenschmerzen und bist an Weihnachten krank. In Ordnung?“

Matt nickt und Lindsay seufzt vernehmlich. Sie wirft mir

einen Hilfe suchenden Blick zu und ich zucke mit den Schultern. Endlich sind alle so weit und wir verlassen das Haus. Ich werfe einen schrägen Blick unter meinen Wimpern hindurch zu Julian. Er wirkt gut gelaunt und sieht einfach zum Niederknien gut aus. Im Grunde müsste es verboten sein, so auszusehen, denn immer, wenn ich ihn anschaue, setzt mein Hirn aus, und ich verwandele mich in ein kleines, schmachtendes Fangirl. Unglaublich. Ich merke, wie ich die Zähne zusammenbeiße und grimmig vor mich hinstarre. Das kann einfach nicht sein, dass er so eine Wirkung auf mich hat. Nur, weil er gut aussieht? Das wäre wirklich ziemlich erbärmlich, Valerie Davis. So bin ich nicht, dass ich einem Kerl auf den Leim gehe, nur weil er hübsch ist und ein süßes Lächeln hat. Okay, bisher war auch nie einer so hübsch wie Julian. Und dieses Lächeln … Boah, es geht schon wieder los mit dem Fangirl-Modus. Verärgert stapfe ich durch den Schnee. Nein, so bin ich nicht und doch, muss ich zugeben, liegt es auch an seinem Äußeren, dass ich so hingerissen bin. Es wäre gelogen, würde ich behaupten, er ließe mich körperlich völlig kalt. Aber das ist es nicht allein. Es ist seine selbstbewusste, lässige Art, die mich so fasziniert. Sein, zugegeben, manchmal ziemlich freches Mundwerk. Sein Humor und auch, dass er sich nicht allzu wichtig nimmt. Er kann über sich selbst lachen und das mag ich generell an Menschen. All dies gepaart mit dieser manchmal durchscheinenden Nachdenklichkeit. Beinah Verletzlichkeit. Als er über seine verstorbenen Eltern geredet hat, da kam das so deutlich zum

Vorschein. Aber auch, wie er mit seiner Schwester gesprochen hat. Dass er sich um Luke gekümmert und ihn aufgemuntert hat. Ja, all das gefällt mir und es bringt mein Herz gefährlich heftig ins Trudeln.

„Hey, Schneewittchen, alles klar?"

Julian greift nach meiner Hand und lächelt mich an.

„Klar, was sollte nicht in Ordnung sein?", brumme ich, während mein Blick zu unseren Händen gleitet. Ich mag es, wenn er meine Hand hält.

„Weiß nicht, du siehst aus, als würdest du am liebsten jemanden ermorden. Und ich könnte mir vorstellen, dass deine Gedanken dabei in meine Richtung schweifen."

Er grinst breit und ich muss wider Willen lachen.

„Wie kommst du darauf, dass ich dich ermorden wollen würde?", frage ich kichernd. Er runzelt die Stirn und überlegt.

„Tja, das frage ich mich ehrlich gesagt auch, denn so einen Traumtypen wie mich kriegst du vermutlich nicht mehr wieder. Also ich an deiner Stelle würde mich hegen und hätscheln und mit einem Stahlseil an mir festbinden, damit ich nicht abhauen kann."

Ich verdrehe die Augen.

„Gott, nur gut, dass du nicht eingebildet bist. Glaubst du wirklich, ich würde nie wieder jemanden wie dich finden?"

Seine Augen blitzen frech.

„Ehrlich? Nein!"

Ich kann mich nicht beherrschen und boxe ihn gegen die Schulter.

„Du bist so bescheuert. Blöder Angeber."

Julian weicht mir lachend aus, zieht mich dann an der Hand zu sich und ich stolpere gegen seine Brust. Wir sehen uns an, und bevor ich reagieren kann, sind seine Lippen auf meinen. Warm und weich. Zärtlich und fordernd zugleich. Ich schnappe nach Luft, bin mir bewusst, dass meine Familie um uns herum ist und ich ihm keine knallen kann. Vor allem, will ich das? Ich spüre, wie mein Körper nachgiebig wird, meine Lippen sich öffnen und ich den Kuss erwidere. Julian hat einen Arm um meine Taille gelegt und hält mich fest. Er ist mir ganz nah. Viel zu nah und doch nicht nah genug. Sein Atem dringt in meinen Mund, während die Geräusche um uns herum zu verblassen scheinen. Mir ist klar, dass das nicht stimmt, aber es fühlt sich so an. Es fühlt sich immer so an, wenn er mir nah ist. Als gäbe es nur ihn und mich. Als wäre sonst nichts mehr wichtig auf dieser Welt. Viel zu schnell löst er sich von mir und sieht mich an. Der Ausdruck in seinen Augen lässt meinen Blutdruck in astronomische Höhen schnellen. So viel Zärtlichkeit liegt in seinem Blick. Begehren. Aber auch ein leises Bedauern. Als ob er bereits befürchten würde, mir wehzutun. Ich schlucke, hebe die Hand und streiche ihm mit meinen dicken Handschuhen ganz zart über die Wange. Er wird mich nicht verletzen. Zumindest nicht so, wie Jeff und die anderen vor ihm es getan haben. Es ist eigenartig, ich kenne Julian erst so kurz, aber da ist etwas in mir, was ich nicht einordnen kann. Vielleicht Vertrauen? Es kann sein, dass er nicht bei mir bleiben wird, das ist sogar sehr wahrscheinlich. Aber er wird mir nicht absichtlich wehtun.

Als jemand an meiner Jacke zupft, zucke ich zusammen und wende den Blick ab. Erin steht neben uns und sagt: „Da vorne ist es. Riecht ihr, wie gut es duftet?"

Die diesjährige Nachbarschafts-Schneeballschlacht findet auf einer unserer Weiden statt, weshalb wir auch nicht weit laufen mussten. Mein Vater und Andrew haben bereits am Vormittag alles hingefahren, was man so braucht für dieses Event. Den großen Schwenkgrill, womit Steaks, Burger und Würstchen gegrillt werden. Die Thermoskannen mit Tee und Glühwein. Die Kuchen, die Mom und Granny gebacken haben, und das Geschirr aus Plastik. Und ja, Erin hat recht, es duftet bereits sehr lecker nach Holzkohle und Fleisch.

„Ja, es riecht super", sage ich und sie lächelt. Julian sieht sich interessiert um. Auf dem Weg parken die Autos der Nachbarn von weiter weg, überall hört man Geplauder und Lachen.

„Ist ja schwer was los hier. Wie bei einem Volksfest", sagt er und ich nicke.

„Oh ja. Das ist jedes Jahr ein Highlight."

„Wie kommt man auf so eine Idee? Ich meine, Schneeballschlachten zum weihnachtlichen Highlight zu machen? Und zu einem Wettbewerb?"

Ich zucke mit den Schultern.

„Keine Ahnung. Ich kenne das schon, seit ich ein Kind war. Es hat eben Tradition, aber wer damit angefangen hat, kann ich dir nicht sagen. Auf jeden Fall ist es immer lustig und meistens auch ziemlich feuchtfröhlich. Jede Familie bringt kannenweise Glühwein mit und natürlich gibt's auch Bier."

Ich rolle vielsagend mit den Augen und Julian grinst.

„Alles klar, dann verstehe ich, warum man an dieser Tradition so festhält."

Da könnte etwas dran sein. Wir erreichen den Platz und werden sofort von allen möglichen Nachbarn begrüßt. Ich stelle Julian als meinen Freund vor, und gleich darauf ist es, als würde er schon immer hierhergehören. Ich kenne das nicht anders. Die Menschen hier, unsere Nachbarn und Freunde, begegnen jedem mit Offenheit und Herzlichkeit. Es ist schön, zu sehen, wie sie Julian begrüßen und in ihrer Mitte willkommen heißen. Und gleichzeitig fühlt es sich einfach nur schrecklich an. Mir war irgendwie nicht bewusst, welch weite Kreise meine kleine Schwindelei ziehen würde. Mittlerweile fühle ich mich wie jemand, der alle Menschen in seinem Umfeld belügt und betrügt. Nancy, die Tochter eines unserer Nachbarn, kommt auf uns zu und ich wappne mich innerlich gegen ihre Sticheleien. Sie mochte mich noch nie und das beruht auf Gegenseitigkeit. Sie ist eine eingebildete Ziege, die denkt, besser, schöner und cleverer zu sein als alle anderen. Ich kenne sie von klein auf und sie war sogar im Kindergarten schon ein Biest. Früher hat sie mich gern an den Zöpfen gezogen, meine Sandkuchen zerstört und mir Schnee in den Kragen gestopft. Später hat sie alles drangesetzt, in der Schule beliebter zu sein als ich, und war auf jedes Mädchen eifersüchtig, das sich mit mir angefreundet hat. Ganz schlimm wurde es, als wir beide anfingen, uns für Jungs zu interessieren. Ich glaube nicht, dass sie je in einen verliebt war, den ich mochte, aber sie ertrug es nicht, wenn ein Junge an mir Interesse hatte, und sie hat es tatsächlich jedes Mal geschafft, alles kaputtzumachen, bevor es richtig begonnen hat. Ich war ihr und ihrer boshaften Art nicht gewachsen, und so manches Mal habe ich mich vor Wut und Enttäuschung in den Schlaf geweint, weil Nancy mir wieder einmal dazwischengefunkt hat. Und jetzt kommt dieses blonde Gift hüftschwingend auf uns zu und ihre Blicke saugen sich begehrlich an Julian fest. Klar, dass so ein heißer Typ ausgerechnet mit dem verhassten Mauerblümchen Valerie Davis hier auftaucht, muss sie den letzten Nerv kosten. Und ich mag mir nicht mal ansatzweise vorstellen, wie sie triumphiert, wenn sie hört, dass es mit ihm wieder vorbei ist. Oder wenn sie gar erfahren sollte, dass alles nicht echt war. Ja, das könnte mir total egal sein, ich habe kaum noch Kontakt zu ihr, aber es gibt Verletzungen, die heilen nur langsam oder nie. Und sosehr ich mich immer bemüht habe, ihre Gehässigkeiten an mir abprallen zu lassen, so ganz gelungen ist es mir nicht. Auch jetzt merke ich, wie ich nervös auf meiner Unterlippe kaue. Zugegebenermaßen sieht Nancy gut aus, und wenn man sie nicht kennt, könnte man denken, einen bildschönen, freundlichen, blonden Engel vor sich zu haben. Julian kennt sie nicht. Er sieht nur die blonde Wallemähne, das strahlende Lächeln und die betörende Figur, die sich unter der dicken Daunenjacke erahnen lässt. Ich merke, wie ich seine Hand fester umklammere, und am liebsten hätte ich ihn von ihr weggezerrt. Warum nur habe ich nicht früher daran gedacht, dass Nancy hier auftauchen könnte? Aber sie war die letzten beiden Jahre nicht dabei, und ich habe mich wohl daran gewöhnt, dass die Treffen ohne ihre Sticheleien ablaufen. Tja, Pech gehabt, dieses Mal nicht.

„Valerie, wie schön, dich zu sehen", flötet Nancy und lächelt falsch.

„Hi, Nancy", sage ich. Ein Lächeln bringe ich nicht zustande und ich will es auch nicht. Sie umarmt mich, und ich bleibe stocksteif stehen, lasse dabei Julians Hand nicht los. Ich fühle, wie er mich forschend von der Seite ansieht, doch zum Glück hält er den Mund. Jetzt auch noch eine Bemerkung von ihm würde ich nicht verkraften.

„Ah, ich sehe, du hast jemanden mitgebracht. Du musst Jeff sein, meine Mutter hat mir von dir erzählt."

Na, bestens informiert, die Gute. Neuigkeiten verbreiten sich hier schnell, und ich vermute, es läuft schon so manche Wette unter den lieben Nachbarn, wie lange es wohl dieses Mal dauert, bis ich wieder die Dumme bin und sitzen gelassen werde. Zu meinem Ärger merke ich, wie es hinter meinen Lidern zu brennen beginnt. Aber nicht, weil ich die mitleidigen Blicke der Nachbarn fürchte, sondern weil ich weiß, dass es genau so kommen wird. Ich werde verlassen. Und dieses Mal bin ich selbst dran schuld. Wäre ich nicht auf die blöde Idee mit dem Fake-Freund gekommen, würde ich mich jetzt nicht verlieben und direkt auf den nächsten Liebeskummer zuschlittern. Als mir klar wird, was ich gerade gedacht habe, schlage ich erschrocken die Hand vor den Mund. Ich mich verlieben? Blödsinn! Ich schwärme von Julian, aber ich bin doch nicht verliebt. Oder doch? Nein! Oh mein Gott! Am Rande bekomme ich mit, dass Nancy Julian volllabert und sich andauernd kokett durch die Haare fährt. Mir ist klar, dass sie Eindruck bei ihm schinden will. Mich ausstechen will, wie sie es immer tut. Es ist mir egal. Soll sie mich mit Schnee einseifen. Mir das letzte Stück meines Lieblingskuchens wegessen, auch wenn sie so satt ist, dass es ihr zu den Ohren rauskommt. Mir „aus Versehen" Glühwein über die Jacke kippen. Das ist mir alles egal. Was mir nicht egal ist … ich werde Julian verlieren … und es wird absolut keine Rolle dabei spielen, ob ich mich in ihn verliebt habe oder nicht.

Ich schlucke und wische mir mit der freien Hand hastig über die Augen. Ich bin so eine blöde Kuh. Anders kann man mich nicht betiteln. Wie konnte ich nur auf diese bescheuerte Idee kommen? Wie konnte ich es überhaupt so weit kommen lassen? Irgendwann merke ich, dass Julian seine Hand aus meiner zieht, und zucke zusammen. Ist es nun schon so weit? Hat sie es geschafft, ihn einzuwickeln und von mir loszueisen? Das ging aber schnell. Bevor ich jedoch reagieren kann, merke ich, wie Julian seinen Arm um meine Taille legt und sich zu mir herunterbeugt. Sein warmer Atem streift über meine eiskalte Wange und er flüstert mir ins Ohr: „So, die Nervensäge sind wir los. Sagst du mir jetzt, was mit dir nicht stimmt?"

Ich blinzele. Tatsächlich, Nancy ist weg. Wie hat er das denn geschafft?

„Wo ist sie hin?", murmele ich und er zuckt mit den Schultern.

„Keine Ahnung, offenbar hat sie gecheckt, dass ich keinen Bock habe, mich mit ihr zu unterhalten. Ich rede da nicht so gern um den heißen Brei herum, wie du wissen müsstest."

Ich reiße die Augen auf. Vor lauter Vor-mich-hin-Grübeln habe ich gar nicht mitbekommen, worüber die beiden gesprochen haben.

„Du hast ihr gesagt, du hättest keinen Bock, mit ihr zu reden? Und sie hat dir nicht die Augen ausgekratzt?"

Er lacht leise und ein Schauer perlt über meine Haut.

„Nope. Wie du siehst nicht. Und na ja, ich habe es etwas dezenter ausgedrückt, aber wenn sie nicht ganz dämlich ist …"

Er zwinkert mir zu und ich muss lächeln.

„Warum? Ich meine, sie ist total hübsch und die meisten Typen fahren auf sie ab."

Ich merke selbst, dass meine Stimme zittert, kann es aber nicht ändern.

„Warum? Erstens bin ich nicht wie die meisten. Und zweitens … Sagen wir so. Es ist ziemlich offensichtlich, dass sie dich nicht leiden kann, da täuscht auch ihr Lächeln nicht drüber hinweg. Und noch offensichtlicher ist es, dass du dich in ihrer Gegenwart unwohl fühlst. Ich hab keine Ahnung, was da bei euch los ist, aber Menschen, die mein

Schneewittchen so offenkundig verunsichern und nicht mögen, stehen nicht ganz oben auf meiner Friends-to-be-Liste. Warum sollte ich mit Nancy reden wollen, während sie dich mit Blicken aufspießt und dich am liebsten den weißen Wanderern zum Fraß vorwerfen würde?“

Ich starre ihn an, muss dann lachen.

„Ah, du schaust ‚Game of Thrones‘. Das verschafft dir einen großen Pluspunkt, ich suchte die Serie regelrecht.“

Er grinst.

„Ehrlich? Ich auch. Da könnten wir doch mal einen Staffel- Marathon einlegen. Wie wäre es?“

Ich schlucke.

„Na ja, dafür haben wir ja nun vor den Feiertagen keine Zeit mehr“, sage ich leise. Julian zieht mich etwas näher zu sich.

„Stimmt. Aber vielleicht danach?“

Er sagt das so lässig und hat keine Ahnung, was er damit für einen Gefühlsaufruhr in mir auslöst.

„Vielleicht“, murmele ich. Wir sehen uns an und irgendwie ist mir ein bisschen leichter zumute.

Die Schneeballschlacht Frauen gegen Männer verliert die Frauenmannschaft haushoch, was zu Gefeixe und Lästereien seitens unserer männlichen Gegner führt. Wir Mädels lassen uns aber nicht ärgern, sondern spülen unsere Niederlage mit Glühwein hinunter. Nancy beobachtet mich die ganze Zeit mit Argusaugen, und ich merke, dass sie sauer ist über Julians Abfuhr. Es wäre gelogen, würde ich behaupten, dass es mich nicht mit leiser Genugtuung erfüllte. Dieses Mädchen hat mir im Laufe der Jahre so viel missgönnt und mir auch einiges kaputtgemacht, dass ich es irgendwie als Gerechtigkeit empfinde, dass es nun mal so ist, dass sie etwas haben möchte, es aber nicht bekommt, weil es mir gehört. Na ja, eigentlich gehört es mir nicht, aber zumindest denkt die blöde Schnepfe, es wäre so. Leider, muss ich sagen, gehört es mir nicht. Zu meinem Verdruss kommt Nancy nun auf mich zu und baut sich vor mir auf.

„Na, das war ja mal gar nichts. Du hast schlecht gezielt, Valerie. Das nächste Mal solltest du besser aufpassen."

Ich verdrehe die Augen.

„So schlimm ist das ja nun auch nicht, oder? Wir sind ja nicht bei der Olympiade", brumme ich und sie schnaubt verächtlich.

„Hast du keinen Ehrgeiz? Es geht einfach ums Gewinnen wollen", sagt sie schnippisch. Ich schaue sie an, schaue in dieses hübsche Gesicht, den vollen Mund, der grimmig verzogen ist. Und plötzlich wird mir klar, dass es ihr immer nur darum gegangen ist: Ums Gewinnen. Besser zu sein als die anderen. Vor allem besser als ich. Warum sie sich ausgerechnet mich als Lieblingsopfer auserkoren hat, weiß ich nicht. Vielleicht war es einfach Pech. Vielleicht wäre sie lieber dunkelhaarig als blond. Vielleicht gefällt ihr meine Nase nicht. Ich habe keine Ahnung, aber ich merke, wie es mit einem Mal an mir abprallt. Nach all den Jahren ist es mir egal, welche Gemeinheiten und Gehässigkeiten Nancy von sich gibt. Die Jungs, die sie mir ausgespannt hat, die waren es vermutlich nicht wert, dass ich ihnen nachgeweint habe, denn sie haben sich freiwillig für diese arrogante Barbie entschieden und mich hängen lassen. Und wer nicht will, der hat halt schon. So sagt man doch? Aus dem Augenwinkel sehe ich, wie Nancy zu dem letzten Stück Käsekuchen schielt, das noch auf der Platte liegt. Sie weiß, dass das mein Lieblingskuchen ist, und ich weiß genau, dass sie es sich nun schnappen wird. Doch anstatt mich, wie sonst, darüber zu ärgern, sage ich gelassen: „Nimm du das letzte Stück, Nancy. Ich weiß doch, wie sehr du es haben willst. Vielleicht lindert es deinen Ärger über das verlorene Match."

Ich lächele ihr zu, drehe mich um und mache mich auf den Weg zu Julian, der am Zaun lehnt und uns beobachtet. Während ich auf ihn zugehe, wird mir klar, dass meine Reaktion so einiges mit ihm zu tun hat. Auch wenn er nicht wirklich mein Freund ist, tut es mir gut, dass er mit mir hier ist. Dass er sich vorhin auf meine Seite gestellt hat und Nancy hat abblitzen lassen. Das ist ehrlich gesagt das erste Mal, dass mir so etwas passiert; die meisten Kerle sind immer wie paralysiert, wenn sie Nancy sehen.

„Hey, Schneewittchen. Na, da seid ihr aber ordentlich abgestunken gegen uns, was?"

Julian grinst, aber es ist ein offenes Lachen, ohne Häme und Spott. Er hebt die Hand und zaust mir leicht durchs Haar. Meine Wangen sind heiß, zum Teil bestimmt vom Glühwein, aber auch seinetwegen.

„Ja, leider. Ihr wart besser, muss man neidlos zugeben."

Ich stelle mich neben Julian und lehne mich ebenfalls mit dem Rücken an den Zaun. Ich merke, wie er mich von der Seite ansieht.

„Was ist?", frage ich.

„Ich bin ehrlich immer wieder erstaunt, wie offen du zu Dingen stehst, die nicht gut für dich gelaufen sind. Das dachte ich neulich schon, als du von deinen idiotischen Exfreunden erzählt hast. Andere Mädchen würden nicht so offen zugeben, bei Kerlen ein paarmal ins Klo gegriffen zu haben."

Ich zucke mit den Schultern.

„Wie sagtest du vorhin? Du bist nicht wie die meisten? Vielleicht bin ich das auch nicht."

Julian nickt langsam.

„Das Gefühl habe ich auch."

Ich wende den Kopf und wir schauen uns an. Es liegt ein fast mit Händen greifbares Kribbeln zwischen uns, und man könnte meinen, die Luft würde kleine Funken sprühen. Vielleicht bilde ich es mir aber auch nur ein, weil ich mir so sehr wünsche, dass es so wäre.

Die laute Stimme unseres Nachbarn Morris, der sich in der Mitte der Weide aufgebaut hat, reißt uns aus der Verzauberung.

„Ihr Lieben, es ist noch zu früh, um einfach nur faul in der Gegend herumzuhängen. Deshalb haben wir uns etwas überlegt. Wir bilden zwei Teams. Jeweils vier Paare spielen pro Team. Wer am Ende gewinnt … nun ja, das werden wir sehen. Die Regeln sind noch etwas unklar."

Er grinst und alles lacht. So ernst wird das hier auch nicht genommen, in erster Linie geht es um den Spaß.

„Sind wir ein Team, Valerie?"

Julian klingt gewohnt lässig, dennoch bilde ich mir ein, einen ernsthafteren Unterton aus seiner Stimme herauszuhören. Sind wir ein Team? Könnten wir eines sein? Außerhalb dieser Weihnachtstage? Und dieses Spaßevents? Ich habe keine Ahnung.

„Ja, sind wir", sage ich und er lächelt. In seinen dunkelgrünen Augen blitzt es auf und allzu gerne würde ich seine Gedanken lesen. Er fasst nach meiner Hand und sagt: „Dann los. Zeigen wir es den anderen."

Ich muss lachen, als ich das übermütige Funkeln in seinen Augen sehe. Mit ihm zusammen macht alles so viel mehr Spaß.

Wir bilden die Teams und Nancy ist zusammen mit ihrem Bruder Josh eines davon. Sie spielen in der gegnerischen Mannschaft, und ich merke, wie sie mich wütend anstarrt. Julian beugt sich zu mir und flüstert mir ins Ohr: „Wuuh, sie hat dich wirklich zum Fressen gern, was? Man möchte ihr nicht im Dunkeln begegnen."

Er grinst frech und ich muss lachen.

„Denkst du, sie würde mich fressen wollen, im Dunkeln?"

Er zuckt mit den Schultern.

„So wie sie dich ansieht, wäre ich mir nicht so sicher."

Ich schüttele schmunzelnd den Kopf.

„Sag mal, was ist eigentlich mit deinem Arm? Wir müssen nicht mitmachen, nicht, dass es am Ende wieder schlimmer wird."

Julian winkt ab.

„Kein Problem. Ich werfe ja mit rechts und das geht schon. Ich bin selbst erstaunt, wie schnell das besser geworden ist. Scheint mir gut zu bekommen die Gegend hier."

Sein Blick taucht tief in meinen.

„Und die Menschen. Besonders die Menschen."

Er hebt meinen Arm an, drückt meine dick behandschuhte Hand an seine Wange und sein Lächeln lässt meine Knie weich werden. Ich lächele zurück, in dem Moment setzt Morris die Trillerpfeife an und das Match beginnt. Es ist von Anfang an lustig, es wird viel gelacht und die meisten Bälle verfehlen ihr Ziel. Niemand nimmt es wirklich ernst, es soll Spaß machen, und das tut es. Außer Nancy, sie scheint es sehr ernst zu nehmen. Sie schreit die ganze Zeit Josh an, wenn er ihrer Meinung nach nicht ordentlich zielt. Sie selbst gibt sich die größte Mühe, jedes Mal zu treffen, und ihr erklärtes Ziel bin ich. Nachdem sie mich zweimal voll im Gesicht erwischt hat, packt Julian mich am Arm und zieht mich hinter sich.

„Da bleibst du jetzt", zischt er mir zu und ich schaue ihn erstaunt an. Er sieht nicht belustigt aus wie sonst oft, in seinen Augen blitzt auch kein Spott, im Gegenteil, er sieht angepisst aus.

„Aber …“, fange ich an, doch Julian schüttelt den Kopf. „Nichts Aber. Ich seh nicht zu, wie die Zicke dir die ganze Zeit die Bälle absichtlich ins Gesicht wirft. Was, wenn ein Stein im Schnee steckt? Die hat sie wohl nicht alle. Alle anderen spielen fair, sie will dir nur wehtun.“

Er sieht verärgert aus und ich blinzele gerührt. Bisher hat nie einer meiner Freunde versucht, mich vor irgendetwas zu beschützen. Im Gegenteil, die meisten haben munter draufgehauen. Im übertragenen Sinne. Und ausgerechnet derjenige, der nicht mal mein richtiger Freund ist, stellt sich zwischen mich und die boshafte Nancy. Und etwas sagt mir, dass Julian mich noch vor ganz anderen Dingen beschützen würde.

„Danke“, sage ich und er lächelt leicht. Ich ziehe mich hinter ihn zurück und merke, wie Nancy deswegen vor Zorn beinahe platzt. Julian fängt alle Bälle ab, die für mich gedacht sind, und ich kann Nancys Frust darüber bis hierher spüren. Dabei bleibt er aber fair und bewirft sie seinerseits nicht mehr, als er es sonst auch getan hätte. Und ja, ich kann nicht anders, ich muss zugeben, dass er mich am Haken hat. Er hat mich so sehr am Haken, dass es in einer Katastrophe für mich enden wird, wenn er geht.

Das Match endet unentschieden, niemand weiß auch so genau, nach welchem Zählsystem vorgegangen worden ist, aber das macht nichts. Wir sind alle abgekämpft, aber glücklich. Außer Nancy. Sie kommt wütend auf mich zugestapft und blafft mich an: „Warum versteckst du dich hinter ihm? Hast du keinen Mumm in den Knochen?“

Ich öffne den Mund, um mich zu verteidigen, doch Julian kommt mir zuvor: „Doch, den hat sie. Sie wollte nicht hinter mir stehen, aber ich wollte. Weil ich keinen Bock habe, zuzusehen, wie du meine Freundin verletzt. Spiel beim nächsten Mal fair, dann kann Valerie auch wieder in der ersten Reihe stehen.“

Seine Stimme klingt kühl und sein Blick ist eisig. Ich schlucke, während Nancy einen knallroten Kopf bekommt. Ich bemerke Josh, der schräg hinter ihr steht und grinst. Offenbar ist er Julians Meinung. Nancy funkelt uns an, dann zischt sie: „Ihr zwei passt gut zusammen. Viel Glück dann auch.“

„Danke“, sagt Julian gelassen, und sie schaut ihn noch einmal böse an, bevor sie sich umdreht und davonrauscht. Josh hebt den Daumen und folgt ihr lachend.

Kapitel 12

Valerie

Ich sitze neben Julian auf einer der Bänke und nippe an meinem Glühwein. Es ist dunkel und das Lagerfeuer inmitten des Schnees prasselt vor sich hin. Mike und Ken Beckett haben die Gitarren ausgepackt und spielen im Wechsel Weihnachtslieder und Countrysongs. Es duftet nach gegrilltem Fleisch, Glühwein und Feuer. Einige Pärchen tanzen im Schein der Flammen eng umschlungen zu den leisen Klängen. Stimmengewirr liegt in der Luft, der Glühwein und das Bier ist reichlich geflossen und die Stimmung ist entsprechend fröhlich. Auch Julian ist gelöst und ein bisschen angeheitert. Er unterhält sich mit meinem Vater, Morris und Joe, den er bereits vom Weihnachtsbaumschlagen kennt. Ich sitze meistens still daneben und versuche, die Zeit irgendwie festzuhalten. Alles in mein Gedächtnis einzubrennen, damit ich es nicht mehr vergesse. Jetzt wendet Julian sich zu mir um und fasst nach meiner Hand.

„Ist dir kalt?", fragt er und ich schüttele den Kopf. Ist es wirklich nicht. Im Gegenteil, in mir brennt eine eigenartige Hitze. Eine Mischung aus Glück und Traurigkeit. Schwer zu beschreiben.

„Nein, gar nicht."

Er lächelt und ich verliere mich im Schein des Feuers in seinen Augen. So wunderschöne moosgrüne Augen. Seine dunklen Haare fallen ihm widerspenstig in die Stirn und sein Lächeln ist hinreißend. Er betrachtet mich und sagt dann: „Willst du mit mir tanzen, Schneewittchen?"

Ich runzele die Stirn.

„Ernsthaft? Du und ich? Tanzen? Hier?"

Er grinst breit.

„Ja. Ich weiß, es ist beschissen kitschig und meine Kumpels würden mich dafür einweisen lassen, aber ja, warum nicht?"

Er rückt etwas von mir ab und seine Augen blitzen herausfordernd.

„Oder traust du dich nicht? Hast du wieder mal Schiss vor mir?"

Ich schaue ihn empört an.

„Ich hab keinen Schiss vor dir. Bilde dir doch nicht immer so viel ein."

„Oh mein Gott, du hast Schiss. Und wie, es ist unfassbar."

Er lacht leise und ich würde ihm gern eine klatschen.

Unglaublich, was dieser Mann für widersprüchliche Emotionen in mir weckt. Und das innerhalb kürzester Zeit.

„Du … hör auf, du machst mich wahnsinnig“, zische ich und er lacht wieder.

„Das ist ja auch der Plan. Und jetzt komm, ich mag den Song.“

Julian erhebt sich und zieht mich an der Hand hinter sich her. Die Flammen flackern leicht im Wind und es hat ganz fein zu schneien begonnen. Mike und Ken spielen „Blue Christmas“ und ihre rauchigen Stimmen hallen leise durch die Nacht. Julian und ich stehen etwas abseits der anderen Paare, und als er mich an sich zieht, fühlt es sich an, als stünde die Zeit still. Wir tragen beide Wintersachen, dicke Jacken und Handschuhe. Dennoch kann ich ihn fühlen. So nah und intensiv, als stünden wir nackt voreinander. Vor dem prasselnden, flackernden Feuer, mitten im Schnee. Er senkt den Kopf, während er mich festhält. Ich lehne meine Wange gegen seine Schulter, überlasse mich ganz ihm. Den Gefühlen in mir. Ich weiß nicht, wohin uns dieser Weg führen wird, aber zumindest diese Momente mit Julian kann mir niemand mehr nehmen.

Es ist spät am Abend, als wir uns langsam auf den Heimweg machen. Die anderen sind alle weg, das Feuer ist erloschen. Mein Vater hat alles auf den Hänger geladen und zum Hof gekarrt. Lindsay und Andrew sind der Kinder wegen schon längst nach Hause gegangen und auch meine Mutter,

Granny und Luke sind bereits fort. Julian und ich laufen Hand in Hand durch die Dunkelheit, vor uns nur das schwache Licht einer Taschenlampe. Wir sind beide schweigsam und ich frage mich, woran er denkt. Ob er genauso durcheinander ist wie ich? So verwirrt von diesen neuen, so plötzlich auftretenden Gefühlen? Oder hat er die gar nicht und ich rede es mir nur ein, weil ich es mir so sehr wünsche? Warum sprechen wir nicht einfach darüber? Wir sind beide Singles, was hält uns davon ab? Was Julian abhält, kann ich nicht sagen, aber bei mir ist es Angst. Ja, ich habe Angst. Mich zu öffnen, mich Hals über Kopf in ihn zu verlieben und wieder enttäuscht zu werden. Auch wenn ich nicht glaube, dass Julian der Typ ist, der anderen bedenkenlos wehtut … Was weiß ich schon über ihn? Im Grunde überhaupt nichts. Ich weiß nicht mal, ob er schon eine Freundin hatte. Jemals richtig verliebt war. Ein Gedanke durchzuckt mich. Was heißt hier „eine Freundin hatte"? Vielleicht hat er eine? Aber das hätte er sicher gesagt, oder nicht? Dann hätte er doch all das hier gar nicht mitgemacht. Ich seufze leise. So viele Fragen und keine Antworten.

„Hast du eine Freundin, Julian?"

Ich spreche die Worte aus, ohne zu überlegen, und würde mir im gleichen Moment am liebsten auf die Zunge beißen. Jetzt hält er mich auch noch für ein eifersüchtiges Huhn. Ich schiele zu ihm hoch. Vielleicht hat er mich nicht gehört, er ist ja etwas angesäuselt, und wer weiß. Aber nein, natürlich hat er mich gehört, denn er schaut mich an, und seine sündhaft schönen Lippen verziehen sich zu einem spöttischen Lächeln.

„Eifersüchtig, Schneewittchen?“, fragt er prompt und ich presse frustriert die Lippen zusammen. Wie hätte es auch anders sein können, als dass er mir sofort diese Frage stellt? So betrunken kann er gar nicht sein, als dass er sich diese Chance entgehen lassen würde.

„Nein, wie kommst du darauf? Darf ich keine harmlose Frage stellen, ohne dass du mir gleich was unterstellst?“, brumme ich missmutig. Er lacht leise.

„Doch, du darfst fragen, was immer du möchtest.“

Ich spüre seinen Blick auf mir ruhen.

„Und du bekommst, was immer du von mir haben willst.“

Seine Stimme klingt rau, und trotz aller Belustigung höre ich einen ernsten Unterton darin klingen.

„Ach ja? Nun, vorerst würde mir genügen, wenn du auf meine simple Frage ebenso simpel antworten würdest.“

Ich höre selbst, dass ich zickiger klinge, als es der Situation angemessen ist, aber er bringt mich einfach vollkommen durcheinander. Und ja, die Möglichkeit, dass es eine Frau in seinem Leben gibt, gefällt mir nicht. Nicht, dass es etwas für mich ändern würde … aber trotzdem.

„Okay, ganz simpel gesagt: Nein, ich habe keine Freundin. Gut so?“

Ich starre zu Boden.

„Woher soll ich wissen, ob das gut ist? Ich hab ja nur gefragt“, brumme ich. Julian seufzt leise.

„Du bist eine harte Nuss, Valerie, ganz ehrlich. Warum hast du solche Angst vor mir?“

„Hab ich gar nicht. Ich wollte doch nur wissen …“

„Ob ich eine Freundin habe, schon klar.“

Er bleibt stehen und zieht mich näher zu sich. Um uns herum ist es stockfinster, nur das Licht der Taschenlampe durchschneidet die undurchdringliche Dunkelheit. Allein würde ich mich hier zu Tode fürchten, aber mit Julian an meiner Seite habe ich überhaupt keine Angst.

„Du kannst mir vertrauen, Valerie. Das kannst du wirklich. Ich weiß, du kennst mich kaum, und warum solltest du das tun? Aber du kannst es. Ganz einfach.“

Ganz einfach. Das sagt er so. Wenn es doch nur so einfach wäre. Wir gehen langsam weiter und erreichen nach zehn weiteren Minuten die Ranch.

„Wollen wir kurz nach Cindy sehen? Sie müsste jeden Tag so weit sein mit der Geburt. Deshalb ist Großvater auch vorhin andauernd heimgegangen, um nach ihr zu sehen.“

Julian nickt und wir betreten leise den Stall. Ich schalte das Deckenlicht an und leises Schnauben und Hufscharren ertönt. Wir gehen an den Boxen entlang und begrüßen nacheinander die Pferde. Cindys Box ist die letzte und die hochträchtige Stute sieht uns aus müden, aber aufmerksamen Augen an. Sie kommt an die Boxenwand und ich streichele sanft über ihren Kopf.

„Na, mein Mädchen, geht’s dir gut? Du bist froh, wenn du es überstanden hast, was?“

Julian steht stumm neben mir und ich sehe ihn forschend an.

„Magst du sie nicht streicheln?“

„Mhm, doch.“

Er wirkt plötzlich erschöpft und ich sage: „Alles okay? Geht’s dir nicht gut?“

„Doch, alles bestens.“

Er hebt die Hand und krault Cindy zwischen den Ohren, was die Stute offensichtlich genießt.

„Meine Mutter war eine sehr gute Reiterin. Sie hat alles geliebt, was mit Pferden zu tun hatte. Sie hatte sogar ein eigenes Pferd. Diamondheart. Nach dem Tod meiner Eltern wurde die Stute verkauft. Maddy und ich konnten kein Pferd finanzieren und meine Tante, bei der wir gewohnt haben, bis wir alt genug waren, auch nicht.“

Ich betrachte ihn bestürzt und frage mich, wie viel Kummer sich hinter seiner oft so lässigen Art versteckt.

„Das tut mir leid“, sage ich leise und Julian zuckt mit den Schultern.

„Das war schon in Ordnung. Sie ist in gute Hände gekommen“, sagt er fast emotionslos und ich schlucke. So einfach, wie er tut, war das alles ganz bestimmt nicht.

„Gehen wir hinein?“, sage ich und er nickt. Wir verabschieden uns von Cindy und betreten gleich darauf das Haus. In der Küche brennt noch Licht und ich höre meine Mutter und Granny darin rumoren. Bevor nicht alles gespült und weggeräumt ist, finden die beiden keine Ruhe. Ich werfe einen Blick zu Julian.

„Geh doch schon nach oben, ich schaue kurz bei meiner Mutter rein, ob ich noch etwas helfen kann. Ich komm dann gleich, okay?“

Gleichzeitig, während ich das sage, fällt mir auf, dass ich mit ihm rede, als wären wir ein Paar. „Ich komm gleich, Schatz, dann schlafen wir gemeinsam ein.“ Tja, schön wäre es. Julian nickt, drückt kurz meine Hand und geht die Treppe nach oben. Ich sehe ihm nachdenklich hinterher. Vorhin, als er über seine Mutter und ihr Pferd gesprochen hat, war es so klar, dass er immer noch unter dem Verlust seiner Eltern leidet. Wie könnte er auch nicht? Wenn ich mir vorstelle, meine Eltern zu verlieren… Ich seufze leise und betrete dann die Küche. Meine Mutter hebt den Kopf.

„Valerie, da seid ihr ja. Granny und ich machen nur noch ein bisschen klar Schiff hier, damit morgen früh nicht alles so chaotisch aussieht. Ist doch Weihnachten.“

Sie lächelt mir herzlich zu und sagt: „Es war schön heute, oder? Ich glaube, Jeff hat es auch gefallen.“

Ich nicke.

„Glaub ich auch. Er ist schon nach oben gegangen, er ist ein bisschen beschwipst.“

Mom lacht.

„Na ja, das sind doch alle Männer. Sie mögen deinen Jeff. Dad und Grandpa sind ganz angetan von ihm. Und wir auch, stimmt's, Granny?“

Meine Großmutter nickt.

„Oh ja. Ein netter junger Mann. So hilfsbereit.“

Sie sieht mich dabei scharf an und ich blinzele unsicher.

„Äh, ja. Kann ich noch was helfen? Wenn nicht, gehe ich nach oben, ich bin ziemlich kaputt."

Meine Mutter winkt ab.

„Geh nur, es ist ja nicht mehr viel zu tun. Gute Nacht, mein Schatz."

Ich gehe zu ihr und umarme sie. Ihr sanfter Geruch nach Lavendelseife dringt in meine Nase. Schon als Kind habe ich diesen Duft geliebt und ihn untrennbar mit meiner Mutter verbunden.

„Gute Nacht, Mom. Ich hab dich lieb", sage ich leise. Wie gerne würde Julian sicher seine Mutter in den Arm nehmen. Gerade jetzt um diese Zeit muss der Verlust noch schwerer wiegen.

„Ich hab dich auch lieb."

Meine Mutter streicht mir liebevoll übers Haar. Ich löse mich von ihr und gehe zu Grandma, die ich ebenfalls umarme.

„Gute Nacht. Hab dich lieb", murmele ich.

„Hab dich auch lieb, Keks. Ach, übrigens, diese olle Zicke Nancy hatte heute vielleicht einen grimmigen Gesichtsausdruck. War sehr nett von deinem Jeff, sich zwischen sie und dich zu stellen. Ich glaube, das hat dem Mädchen mal nicht geschadet, dass ihr jemand nicht sofort zu Füßen gelegen hat."

Granny kichert und ich muss ebenfalls lachen.

„Ja, das war nett."

Ich blinzele verträumt, dann winke ich den beiden noch einmal zu und verlasse die Küche.

Das Bad oben ist leer, es riecht nach Duschgel, offenbar ist Julian schon fertig. Hastig streife ich meine Kleider ab und trete ebenfalls in die Dusche. Auf dem Regal liegt ein frisches Nachthemd. Natürlich wieder eines aus langweiliger Baumwolle mit kleinen Rentieren darauf. Etwas missmutig greife ich danach. Julian muss mich für das langweiligste, unattraktivste weibliche Wesen auf diesem Planeten halten. Zumindest meine Wäsche. Aber es ist nun, wie es ist, und wenn ich ehrlich bin, bin ich sowieso nicht der Typ für Spitzenwäsche und Strapse. Ich käme mir darin verkleidet vor und das wäre nicht ich. Ich trete vor den Spiegel, bürste meine Haare und gehe hinüber in mein Zimmer. Es ist dunkel, bis auf den Schein der Lichterketten am Fenster. Mein Blick schweift durchs Zimmer. Julians Bettzeug liegt achtlos auf dem Boden, offenbar hat er es aus dem Schrank geholt, in welchem wir es am Tag verstecken, damit niemand bemerkt, dass mein „Freund" nicht bei mir schläft. Leise schließe ich die Tür und mein Blick fällt auf das Bett. Julian liegt darauf, auf dem Rücken, die Arme rechts und links weit ausgestreckt und die Augen geschlossen. Ich muss lächeln. Da wurde wohl jemand überwältigt von Müdigkeit und den etlichen Bechern Glühwein. Langsam trete ich zu ihm, beuge mich über ihn.

„Julian? Bist du noch wach? Komm, steh auf", flüstere ich. Er blinzelt, rührt sich aber nicht. Ich fasse nach seiner Hand und ziehe leicht daran.

„Julian?"

„Mhm?"

„Kannst du aufstehen und in dein Bett gehen?“

Ich ziehe noch mal an seiner Hand, doch anstatt aufzustehen, zieht er plötzlich seinerseits, ich gerate ins Schwanken und purzele auf ihn. Seine Augen sind immer noch geschlossen, doch ich spüre, wie sein Arm sich um meine Taille schlingt und mich festhält. Ich kann seinen Herzschlag an meiner Brust fühlen und sein Gesicht ist meinem viel zu nahe. Während ich ganz still auf ihm liege, betrachte ich ihn. Er ist wunderschön. Diese Lippen. Die langen Wimpern. Die dunklen Haare, die immer etwas widerspenstig sind. Genau wie er. Die Wärme seines Körpers dringt durch mein Nachthemd und es fühlt sich gut an. Ein Gefühl von Geborgenheit durchflutet mich, hier in diesem kleinen Zimmer, ganz nah bei Julian. Ehrlich gesagt habe ich das bei keinem meiner bisherigen Freunde so empfunden. Auch nicht bei Jeff. Etwas widerstrebend versuche ich mich von ihm zu lösen, um diese Nacht auf seinem Lager zu verbringen. Er lässt mich jedoch nicht los, sondern murmelt verschlafen: „Nicht weggehen, Valerie. Bleib bei mir. Bitte.“

Ich spüre, wie eine tiefe Zärtlichkeit mein Herz überflutet, und schlucke. Verdammt, ich habe solch ein Problem. Langsam hebe ich die Hand und streiche sanft durch seine zerzausten Haare, die noch feucht sind vom Duschen.

„Okay“, flüstere ich, wobei ich mir nicht sicher bin, ob er es überhaupt hören kann. Das hier … ich sollte das nicht tun. Es wird alles nur noch schlimmer machen, wenn er gehen wird. Und das wird er, ich kann mir einfach nichts anderes vorstellen. Und doch lasse ich den Kopf sinken und drücke mein Gesicht an Julians Schulter. Atme tief seinen Duft ein. Lausche seinem Atem und fühle seinen Herzschlag. Bis ich darüber irgendwann einschlafe.

Kapitel 13

Julian

ICH ERWACHE UND KANN MEINEN ARM NICHT bewegen. Für einen Moment bin ich irritiert, dann fällt mein Blick auf einen dunklen, seidig schimmernden Haarschopf, und ein Lächeln gleitet über mein Gesicht. Valerie liegt selig schlummernd in meinem Arm, ihr Kopf ruht an meiner Schulter und ihre Beine sind mit meinen verschlungen. Ich bleibe still liegen und betrachte sie im fahlen Licht des Wintermorgens. Ihr Atem geht ruhig, sie wirkt vollkommen entspannt. Und glücklich. Ich habe keine Ahnung, ob man im Schlaf glücklich sein kann, aber sie sieht so aus. Und der Gedanke gefällt mir verdammt gut. Ich hebe den freien Arm und streiche ihr vorsichtig mit den Fingern eine Haarsträhne zur Seite. Sie grunzt leise, was mich ein bisschen an ein Ferkel erinnert, rührt sich aber keinen Millimeter von der Stelle. Ihre langen, dunklen Wimpern flattern leicht und ich schlucke. Hinter den geschlossenen Augenlidern verbergen sich die schönsten Augen, die ich je gesehen habe. So wunderschön, blau wie das Meer und voller Tiefe. Manchmal, wenn sie mich ansieht, bilde ich mir ein, sie könne meine Gedanken lesen. Verrückt.

„Scheiße, Schneewittchen, was machst du mit mir, hm?“, murmele ich. Sie hat mich am Haken. Aber so was von. Mich, Julian Carter, der sich nie verlieben wollte und das auch bisher erfolgreich verhindert hat. Ich will mich nicht binden, keine Verantwortung übernehmen, niemandem Rechenschaft schuldig sein. Will ich alles nicht. Aber am allermeisten will ich nicht weg von hier. Nicht weg von ihr. Ich habe sie nicht mehr alle, ganz eindeutig. Wieder ertönt ein leises Grunzen und ich muss grinsen. Sie ist so niedlich. Ehrlich, ich habe noch keine Frau getroffen, die so ist wie Val. So natürlich, lustig, offen und sexy. Sie haut mich um, und ich habe einfach keine Chance, irgendetwas dagegen zu tun. Dabei wollte ich ihr doch nur aus der Patsche helfen. Und nun sitze ich selbst tiefer drin als je zuvor. Ich habe keine Erfahrung mit Liebe. Mit Gefühlen. Und schon gar nicht mit Liebeskummer. Das würde mir gerade noch fehlen, dass die schöne Valerie mir das Herz bricht, nachdem ich ihres davor bewahrt habe, noch mehr verletzt zu werden wegen dieses Idioten von Jeff.

„Ehrlich, dann wärst du der allergrößte Idiot von allen, Carter“, knurre ich und Valerie murmelt: „Wer ist ein Idiot?“

Sie streckt sich ein wenig, drückt dabei ihre Brüste eng an meinen Oberkörper und mir wird heiß. Oh bitte, nicht auch das noch. Ihre Augenlider flattern und sie lässt ihre Hand im Halbschlaf über meinen Bauch gleiten, schiebt dabei das Shirt nach oben und berührt meine nackte Haut.

„Fuck, Val, tu das nicht", murmele ich und will doch eigentlich nichts mehr, als dass sie nicht aufhört damit. Nein, stimmt nicht. Ich will viel, viel mehr. Ich will alles von ihr. Und das am besten sofort. Und immer wieder. Scheiße, scheiße, scheiße. Ich bin so was von am Arsch. Ich merke, wie es in meiner Shorts eng wird, und schüttele entnervt den Kopf. Da liege ich im Bett mit der hübschesten, heißesten Frau, die ich mir nur vorstellen kann, und kann absolut nichts machen. Ich kann sie doch jetzt nicht befummeln. Oder küssen. Es wäre zum Lachen, wenn mir nicht der Sinn gerade nach etwas völlig anderem stehen würde. Die meisten Frauen, die ich kennenlerne, können es gar nicht abwarten, mir die Klamotten vom Leib zu zerren und mit mir in der Kiste zu landen. Und ausgerechnet die, die ich mehr will als alles andere, würde mich vermutlich entmannen, würde ich jetzt versuchen, mich ihr zu nähern. Tja, so spielt das Leben. Fuck. Frustriert lege ich den Unterarm über die Augen und atme tief durch. Entspann dich, verdammt. Das ist allerdings leichter gesagt als getan, wenn Valerie mir so nah ist wie jetzt. Ich spüre jede Kontur ihres Körpers. Ihre kleinen, festen Brüste. Ihren Oberschenkel, der quer über meinem liegt.

„Julian“, murmelt sie und ich halte den Atem an. Vielleicht gehen ihr gerade ähnliche Gedanken durch den Kopf? Wäre ja möglich. Wir beide. Nackt. Stöhnend. Verschwitzte Haut. Völlige Hingabe. Ja, gut so, stell dir das weiter ganz genau vor, das macht deine Situation auf jeden Fall besser. Aber fuck, ich kann diese Gedanken nicht abschütteln. Und ich will es nicht, auch wenn es in meiner Hose verflixt eng wird und ich ziemlich unruhig auf dem Laken hin und her rutsche. Valerie scheint ebenfalls nicht mehr tief zu schlafen, denn ihre Hand streichelt auf meinem Bauch auf und ab, als wäre sie auf der Suche nach etwas. Und dann passiert es: Ihre Hand gleitet noch tiefer und legt sich auf die harte Wölbung in meinen Shorts.

„Fuck.“

Mir ist gar nicht klar, dass ich dieses Wort laut ausgesprochen habe, es ist einfach ein Reflex, genauso, wie ein Keuchen tief aus meiner Kehle kommt. Aber ich schwöre, ich kann nichts dafür. Ihre Berührung lässt tausend Volt durch meinen Körper schießen und jede Nervenzelle vor Anspannung vibrieren. So etwas habe ich noch nie erlebt, noch niemals. Im gleichen Moment reißt Valerie ihre Augen auf und starrt mich perplex an. Für Sekunden schauen wir uns an, dann gleitet ihr Blick nach unten und sie schnappt nach Luft. Ich kann nicht anders, als ebenfalls hinzusehen, und ja, der Anblick ihrer zarten Hand auf meinem Schritt lässt mich noch härter werden. Es ist verrückt, ich habe wirklich schöne Mädchen in meinem Bett gehabt. Nackt, stöhnend und willig. Aber keine …

keine Einzige hat solch eine namenlose Erregung in mir ausgelöst wie Valeries Hand auf meinem Schwanz. Der wohlgemerkt vom Stoff der Shorts verhüllt ist. Nicht mal nackt berührt sie mich und trotzdem … ich will ihr sagen, sie soll nicht aufhören. Nicht von mir abrücken. Ich will ihr dieses komische Nachthemd ausziehen und sie küssen. Überall. Ihren Körper mit Küssen bedecken und sie den ganzen Tag und die ganze Nacht lieben. Und den nächsten Tag wieder. Und wieder. Scheiße, ich habe ein noch viel größeres Problem als gedacht … Etwas widerwillig hebe ich den Blick und schaue in Valeries Gesicht. Sie liegt noch immer ganz still, ihre Hand hat sich keinen Millimeter wegbewegt, doch jetzt blinzelt sie, als würde sie zu sich kommen, und zieht ihre Hand blitzschnell zurück. Sie hebt den Kopf und starrt mich an, während eine sanfte Röte ihre Wangen überzieht.

„Ich … ich … Was …“, stammelt sie und ich muss nun doch lächeln.

„Ja?“, frage ich, und meine Stimme klingt so rau, dass ich automatisch schlucke.

„Äh … nichts. Gar nichts. Ich geh dann mal ins Bad. Wir frühstücken gleich. Es ist ja Weihnachten.“

Valerie blinzelt mich an, dann ist sie mit einem Satz aus dem Bett und stürmt regelrecht aus dem Zimmer. Ich lasse mich mit einem leisen Fluch zurück in die Kissen fallen und starre an die Decke. Ja, es ist Weihnachten. Das Fest der Liebe. Hätte ich mich doch bloß niemals von Maddison überreden lassen, mit ihr zu feiern. Dann wäre mir all das erspart geblieben. Denn - und das kann ich nicht leugnen - zum ersten Mal in meinem Leben habe ich Angst. Angst, mich zu verlieben und verletzt zu werden. An dem Verlust meiner Eltern habe ich verdammt lange geknabbert, und ich habe keinen Bock, erneut in das Tal der Tränen zu stürzen. Und Valerie hat mir ihren Standpunkt mehr als deutlich gemacht: Sie will keine Beziehung und sie hat die Schnauze voll von Männern. Genervt fahre ich mir durch die Haare und erhebe mich schließlich. Missmutig räume ich das unbenutzte Bettzeug auf dem Boden zusammen und stopfe es in den Schrank. Ich sollte verschwinden. Was hält mich noch hier? Soll Valerie doch sehen, was sie ihrer Familie erklärt. Ich knalle die Schranktür zu und schüttele den Kopf. Wem mache ich denn was vor? Das kann ich nicht. Ich kann sie nicht hängen lassen. Ich mag manchmal ein Arsch sein, aber das bringe ich nicht übers Herz. Ich habe es ihr versprochen und dabei bleibt es. Sie kann nichts dafür, dass ich meine Gefühle nicht unter Kontrolle habe. Ich trete ans Fenster und schaue hinaus. Es schneit und der Innenhof versinkt unter einer weißen, dicken Schneedecke. Wie romantisch. White Christmas. Als es leise an der Tür klopft, sage ich unwirsch: „Herein."

Die Tür öffnet sich einen Spalt und Erin erscheint. Sie guckt mich schüchtern an und wispert: „Habe ich dich geweckt?"

Ich muss lächeln. Sie ist so eine süße Miniausgabe von Valerie. Und plötzlich sehe ich mich. Im Schlafzimmer eines gemütlich eingerichteten Hauses. Mit einem kleinen

Mädchen auf meinem Schoß, das lange, schwarze Schneewittchenhaare und blaue Augen hat. Das aufgeregt an einer Haarsträhne zwirbelt und es nicht abwarten kann, bis Santa die Geschenke bringt. Es duftet nach Kaffee und Weihnachtsplätzchen, etwas weiter weg im Haus höre ich Valerie lachen und mit einem kleinen dunkelhaarigen Jungen mit grünen Augen scherzen. Der Gedanke ist schön und tut gleichzeitig weh, denn das ist so was von unrealistisch, ich kann es nicht mal in Worte fassen. Was geht bloß in meinem Kopf vor sich? Ich atme tief durch und räuspere mich.

„Hi, Erin. Nein, du hast mich nicht geweckt, gar nicht. Komm rein."

Sie huscht ins Zimmer und schließt die Tür hinter sich. Ihre Augen leuchten aufgeregt.

„Glaubst du, Santa kommt heute Nacht zu uns? Meinst du, wir sehen ihn? Oder den Schlitten?"

„Äh."

Was sagt man da? Plötzlich sehe ich Bilder aus der Vergangenheit vor mir. Sehe mich als kleinen Jungen, der aufgeregt die Nase an der Fensterscheibe plattdrückt und hinaus in den verschneiten Tag schaut. Ich habe jedes Jahr darauf gewartet, Santa zu sehen, wie er mit seinem Rentierschlitten am Himmel auftaucht. Oder durch den Schornstein gepoltert kommt. Meine Eltern taten ganz geheimnisvoll, und am Abend stellten wir einen Teller mit Weihnachtsplätzchen und ein Glas mit Milch auf den Tisch, damit Santa sich stärken konnte von seiner anstrengenden Arbeit. Was habe ich gestrahlt, wenn am nächsten Morgen nur noch ein paar Krümel auf dem Teller lagen und das Glas leer getrunken war. Die Geschenke waren mir eigentlich nie so wichtig, es war der Zauber dieser ganz besonderen Zeit, der mir in Erinnerung geblieben ist. Die Geborgenheit, die ich empfunden habe, wenn meine Mutter abends die Kerzen anzündete, leise Weihnachtsmusik spielte und wir gemeinsam einen Film ansahen oder etwas spielten. Irgendwie habe ich das die letzten Jahre völlig verdrängt, mir eingeredet, Weihnachten nicht ausstehen zu können, aber das stimmt nicht. Dieses Haus hier … diese Familie und besonders Valerie … sie wecken Gefühle und Seiten in mir, die lange Zeit tief verschüttet waren. Und ich bin mir nicht sicher, was ich davon halten soll.

„Komm mal her", sage ich zu Erin und setze mich aufs Bett. Sie kommt herbeigetrippelt und setzt sich neben mich. Ihre großen dunklen Augen sehen mich erwartungsvoll an.

„Weißt du, Erin, ich kann dir nicht sagen, ob wir Santa sehen werden, aber ich glaube eher nicht. Ich erinnere mich gut daran, dass ich als kleiner Junge auch immer gewartet und gehofft habe, dass ich ihn ein Mal wenigstens zu Gesicht bekomme. Das war nie der Fall. Aber weißt du was? Das macht nichts. Ich glaube, die Vorstellung ist sowieso das Allerschönste daran. Die Vorstellung vom Weihnachtsmann, wie er leise durch den Schornstein kommt und im warmen Wohnzimmer die Geschenke unter den Baum legt. Und in die Strümpfe am Kamin steckt. Sich danach gemütlich auf den Stuhl setzt und in Ruhe seine Kekse isst und seine Milch trinkt. Dieses Bild hatte ich immer vor Augen und du ganz bestimmt auch. Und es ist egal, ob wir Santa jemals wirklich sehen werden oder nicht. Solange wir ihn in unserer Fantasie sehen können, ist alles gut, findest du nicht?“

Erin überlegt kurz, dann nickt sie.

„Du hast recht. Es ist ihm bestimmt auch lieber, wenn er ungestört ist.“

„Ganz genau. Stell dir mal vor, in jedem Haus würden ihn die Kinder ansprechen und aufhalten. Da würde er ja gar nicht fertig werden mit all den Geschenken.“

Die Kleine nickt ernsthaft.

„Das wäre schade, denn überall auf der Welt warten die Kinder darauf.“

Ich streiche ihr übers Haar.

„Eben.“

Als ich den Kopf hebe, sehe ich Valerie, die im Türrahmen lehnt und uns beobachtet. Sie lächelt mir zu und für einen Moment fühle ich mich wie ertappt, doch dann sehe ich den Ausdruck in ihren Augen und erwidere das Lächeln.

„Liest du mir was vor?“, fragt Erin.

„Na klar, zisch ab und hol ein Buch.“

Sie lacht, als ich sie kitzele, springt vom Bett und läuft aus dem Zimmer. Valerie sieht ihr nach, dann kommt sie langsam näher und setzt sich neben mich.

„Du machst das richtig gut mit ihr. Sie mag dich, dabei ist sie sonst immer sehr schüchtern.“

„Tja, ich bin halt ein unwiderstehlicher Typ."

Ich grinse sie an und sie zieht eine Augenbraue hoch.

„Bilde dir nur nichts ein."

Sie senkt den Kopf und murmelt: „Wegen vorhin, also … tut mir leid, ich … also, nicht, dass du denkst, ich hätte das mit Absicht gemacht oder so."

Sie ist süß, wie sie so herumstottert, und mich reitet natürlich mal wieder der Teufel.

„Nein? Du willst mir also sagen, du hättest deine Hand nicht mit Absicht auf meinen harten Schwanz gelegt?"

Meine Stimme klingt rauer als sonst, bei diesen Worten. Valerie wird prompt rot und schnappt nach Luft.

„Julian … du … Gott, du bist so unmöglich", zischt sie. „Da versucht man, sich zu entschuldigen und du …"

„Und ich, was?"

„Du … du …"

Ich beuge mich zu ihr und sehe ihr direkt in die Augen. Sie sieht verlegen aus, und gleichzeitig kann sie nicht verbergen, dass ihr die Erinnerung an das, was passiert beziehungsweise nicht passiert ist, genauso wenig aus dem Kopf geht wie mir. Ich möchte sie küssen. Ihr sagen, was sie mit mir macht, was für ein Chaos sie in meinem Innersten auslöst. Sie fragen, ob es ihr vielleicht ähnlich geht und ob sie sich vorstellen kann … dass aus ihr und mir ein Wir wird. Irgendwie zumindest. Ich sehe, wie ihre Augenlider nervös zucken, sie unsicher auf ihrer Unterlippe herumkaut. Ohne nachzudenken, hebe ich die Hand und streiche mit dem Daumen über ihre Lippe.

„Nicht. Du tust dir weh.“

Ihre blauen Augen schimmern im sanften Morgenlicht. Valerie …

Ich sehe ihr so deutlich an, dass sie etwas sagen möchte. Vielleicht genauso viele Fragen hat wie ich. Doch in dem Moment kommt Erin zur Tür herein und schwenkt ein Buch mit Weihnachtsgeschichten in der Hand. Sie quetscht sich zwischen Valerie und mich aufs Bett, und ich sehe noch einen Moment lang bedauernd in diese blauen Augen, bevor ich das Buch ergreife und es aufschlage.

Kapitel 14

Valerie

NERVÖS STEHE ICH VORM SPIEGEL UND BETRACHTE mich. Es ist Weihnachten. Gleich werden wir alle zusammen essen und er ist da … der Heilige Abend. Ich streiche mit beiden Händen über den Rock, den ich trage, und atme tief durch. Weihnachten mit Julian. Der Tag war eigenartig. Wir waren beide verlegen und sind umeinander herumgeschlichen wie Katzen um die warme Milch. Selbst Julians sonst so lockeren Sprüche waren heute etwas zahmer, was mir verdeutlicht hat, dass er ebenfalls nachdenkt. Heute Morgen, als ich aufgewacht bin und merkte, wo ich meine Hand platziert habe … Für Sekunden hätte ich vor Scham im Erdboden versinken mögen, doch dann … dann hat sich schlagartig eine solche Lust in mir ausgebreitet, dass ich nicht wusste, wie ich damit umgehen soll, und einfach weggelaufen bin. Im Bad habe ich geschlagene fünf Minuten in den Spiegel gestarrt und nicht gewusst, was mit mir los ist. So bin ich nicht. Ich bin kein Mädchen, das sich jemandem, den es kaum kennt, an den Hals wirft. Aber heute Morgen hätte ich es am liebsten getan. Ihm diese Shorts über die Hüften gestreift und … Stopp! Stopp, Valerie. Nicht jetzt! Nicht jetzt! Oh mein Gott, was macht er mit mir? Als ich dann nach dem Duschen zurückkam und Julian mit Erin sah … das war so süß, wie er ihr das mit Santa erklärt hat. Ich kann es drehen und wenden, wie ich will, ich bin ihm bereits nach dieser kurzen Zeit so verfallen wie noch niemandem vor ihm. Er hat so viele widersprüchliche Seiten an sich. Er ist witzig und humorvoll. Manchmal kann er mich wirklich ärgern mit seinen dämlichen Machosprüchen. Er ist selbstbewusst, aber nicht arrogant. Und er kann sensibel und nachdenklich sein, auch wenn er diese Seite offensichtlich gerne ignoriert und sie niemandem zeigen will. Ich seufze. Es ist Weihnachten, und egal, was danach sein wird, ich möchte diese Stunden genießen. Mit Julian.

„Hey."

Julians Stimme dringt zu mir durch und ich drehe mich um. Er steht schräg hinter mir und sein Lächeln lässt mein Herz schneller schlagen.

„Du bist wunderschön", sagt er leise und ich sehe verlegen an mir hinunter. Ich trage einen dunkelroten Rock, der kurz über den Knien endet, dazu eine Bluse in einem zarten Cremeweiß. Julian hat sich für eine dunkelblaue Jeans und einen anthrazitfarbenen Pullover entschieden. Es steht ihm gut.

„Danke“, sage ich leise.

„Wollen wir?“

Ich nicke und er hält mir die Hand hin. Ich lege meine hinein und wir gehen nebeneinander nach unten. Es duftet nach Essen, weihnachtlichen Gewürzen und dem Tannenbaum. Mom, Granny, Lindsay und ich haben gemeinsam das Essen vorbereitet und hatten dabei eine Menge Spaß. Dennoch war ich mit den Gedanken immer bei Julian, es ist zum Verrücktwerden.

Der große Esstisch im Wohnzimmer ist festlich gedeckt und dekoriert, der Baum verbreitet den warmen Schein der Kerzen im Zimmer und leise Weihnachtsmusik klingt durch den Raum. Das Plappern und Lachen meiner Familie erfüllt das ganze Haus und es ist ein perfekter Weihnachtsabend. Ich schlucke. Perfekt wäre er nicht gewesen, wäre Julian nicht für Jeff in die Bresche gesprungen. Ich kann mir lebhaft vorstellen, wie Lindsay heute Abend einen ihrer Bekannten angeschleppt hätte. Wie sie uns beobachtet und auf jede Geste und jedes Wort gelauert hätte. Denn schließlich muss die arme, einsame Valerie ja endlich mal einen Kerl finden. Es ist eigenartig, so aufgeschlossen und offen meine Schwester sonst ist, was dieses Thema angeht, ist sie hoffnungslos verknöchert. Mein Blick schweift zu Julian neben mir. Er sieht so gut aus, so locker und glücklich, dass es in meiner Brust ganz leise vibriert vor Freude. Vielleicht … vielleicht gibt es ja wirklich dieses Weihnachtswunder, von dem immer alle reden.

„Wo ist Grandpa?“, frage ich und sehe mich um. Keine Spur von meinem Großvater.

„Im Stall. Er glaubt, Cindy wird heute im Laufe der Nacht abfohlen.“

Meine Mutter stellt eine Schüssel mit dampfendem Kartoffelbrei auf den Tisch.

„Was? Heute Nacht? Dann bekämen wir ja ein Christkind“, sage ich begeistert und Mom nickt lächelnd.

„Ja. Vielleicht wird das so sein.“

Während alle ihre Plätze am Tisch einnehmen, erscheint Großvater, und wir sehen ihn gespannt an. Er setzt sich und sagt: „Ich bleibe nur kurz zum Essen, dann gehe ich wieder rüber. Ich denke, es ist bald so weit bei dem guten Mädchen.“

Er deutet auf die Platte mit dem Truthahn.

„Walte deines Amtes, Phil. Zerlege das Federvieh, bevor alle verhungern.“

Alle lachen und mein Dad greift mit großer Geste zu dem Tranchiermesser. Ich beuge mich zu Julian, der neben mir sitzt.

„Das hat hier große Tradition. Bis vor drei, vier Jahren war das Großvaters Sache, danach hat er es an Daddy abgegeben.“

Er betrachtet mich lächelnd.

„Bei euch hat so einiges Tradition, was?“

Ich zucke mit den Schultern.

„Ja, schon. Aber ich find’s schön, also nicht irgendwie öde oder langweilig.“

Er betrachtet mich warm.

„Hab ich das gesagt? Ich finde das auch gut, es gibt … Stabilität. Geborgenheit."

Er drückt kurz meine Hand, dann wenden wir den Blick wieder zu meinem Vater, der dem Federvieh fachmännisch zu Leibe rückt. Als er alles fein säuberlich zerlegt hat, hebt er das Glas und sagt feierlich: „Frohe Weihnachten, meine Lieben. Es ist schön, dass ihr alle hier seid und wir zusammen dieses Fest feiern können."

Das Essen verläuft wie immer gemütlich und chaotisch, mit viel Lachen und Plaudern und ein paar kleinen Zankereien. Matt verschüttet seine Limo, Luke chattet mit einem Mädchen namens Annie und schafft es auch während des Essens kaum, sein Handy zur Seite zu legen, was unserem Vater ein paar ironische Bemerkungen entlockt und bei meinem Bruder für Augenrollen sorgt. Grandma findet, die Soße ist zu salzig, und gerät darüber in eine Diskussion mit meiner Mutter, bis mein Großvater die beiden liebevoll, aber bestimmt zur Ordnung ruft und daran erinnert, dass heute Weihnachten ist.

Nach dem Essen verschwindet Großvater wieder im Stall und Luke in seinem Zimmer, während wir anderen es uns auf der Couch gemütlich machen und lauschen, wie mein Vater die Weihnachtsgeschichte vorliest. Matt nuckelt an seinem Schnuller, den er immer noch braucht, wenn er müde ist, und Erin hat sich zwischen Julian und mich gekuschelt. Sie sieht ebenfalls müde aus, ist aber zu aufgeregt um jetzt schon schlafen zu können. Es ist gemütlich hier im Zimmer. Im Kamin prasselt ein Feuer und die Kerzen am Baum verbreiten einen warmen Schein. Mein Blick trifft immer wieder auf den von Julian und dann läuft mir ein feiner Schauer über den ganzen Körper.

Nachdem wir zwei Stunden lang vorgelesen und gespielt haben, wird auch Erin müde und möchte ins Bett.

„Komm, wir richten den Teller für Santa“, sage ich und halte ihr die Hand hin. Sie nickt und ich gehe mit ihr in die Küche. Dort hole ich einen Teller aus dem Schrank und öffne die große Dose mit den Plätzchen. Erin holt drei heraus und platziert sie vorsichtig auf dem Teller. Dann schenken wir ein großes Glas Milch ein und stellen alles auf den Küchentisch.

„So, hier kann Santa es sich gemütlich machen und sich stärken“, sage ich und sie nickt.

„Glaubst du, Santa schafft das alles in einer Nacht?“, fragt sie skeptisch.

„Natürlich. Das hat er doch bisher immer getan, oder nicht?“

„Ja. Aber es gibt so viele Kinder und alle warten auf ihn.“

Ich lächele ihr zu.

„Santa ist ja auch kein normaler Mann, er ist eben … Santa. Er kann das. Morgen früh liegen die Geschenke unterm Baum und die Strümpfe sind gefüllt. Warte es nur ab.“

Sie lehnt ihren Kopf gegen meine Hüfte und ich streiche ihr liebevoll durchs Haar.

„Ich mag Jeff", sagt sie plötzlich und ich schlucke. Sogar dem Kind wird das Herz schwer werden, wenn er geht. Was habe ich mir nur bei diesem bescheuerten Plan gedacht?

„Das freut mich", sage ich leise.

„Er bleibt doch immer hier, nicht wahr?", fragt Erin, als könne sie meine Gedanken lesen.

„Ich hoffe es", murmele ich. Was soll ich ihr sagen? Dass man sich auf nichts im Leben wirklich verlassen kann? Dass man nie weiß, ob man einem Menschen hundertprozentig vertrauen kann? Nein, das will ich diesem siebenjährigen Mädchen nicht sagen. Nicht heute und nicht jetzt. Sie hat zum Glück noch ein gesundes Urvertrauen in die Menschen und das soll, wenn möglich, auch noch eine Weile so bleiben.

„Warum nennst du Jeff manchmal Julian?", fragt Erin in die Stille und ich zucke zusammen. Was? Wann hat sie gehört, dass ich ihn … Verdammt.

„Das … er heißt so. Also, das ist sein zweiter Vorname", sage ich schwach und würde mir am liebsten selbst in den Hintern treten. Einerseits kann ich es kaum abwarten, diese Scharade hier zu beenden, andererseits … das wird das Ende meiner Bekanntschaft mit Julian bedeuten. Und daran möchte ich nicht mal denken.

„Ach so. Ich mag den Namen Julian lieber", sagt Erin leichthin und ich nicke.

„Ich auch."

„Dann nenn ihn doch immer so.“

Für Erin ist alles so einfach. Sie lächelt arglos und ich komme mir schäbig vor.

„Ja, vielleicht mach ich das.“

Ich beuge mich zu ihr und küsse sie auf die Stirn.

„Und du musst jetzt ins Bett hüpfen, Maus. Sonst kann Santa nicht kommen.“

Nachdem Erin allen Gute Nacht gesagt hat und mit ihren Eltern und ihrem Bruder nach oben verschwindet, sieht Julian mich fragend an.

„Alles okay? Du bist blass um die Nase.“

Ich winke ab.

„Nein, alles gut. Außer dass ich inzwischen wirklich jedem in meiner Familie ins Gesicht gelogen habe, was dich betrifft.“

Er nickt langsam.

„Es ist nicht so einfach, wie wir geglaubt haben, was?“

„Nein. Aber nicht wir. Ich. Du kannst überhaupt nichts dafür, du wolltest mir nur helfen.“

Er greift nach meiner Hand und drückt sanft meine Finger.

„Doch wir. Wir hängen da beide drin und ich hätte nicht mitmachen müssen.“

Ich nicke schwach.

„Schon. Aber es ist meine Familie. Und dass ich sie belüge, ist viel schlimmer.“

Er sieht nicht ganz glücklich aus mit meiner Antwort, belässt es aber dabei.

„Wollen wir in den Stall gehen? Vielleicht hat sich bei

Cindy bereits was getan?“, sagt er und ich nicke dankbar.

„Das ist eine gute Idee. Komm.“

In der Diele schlüpfen wir in unsere warmen Jacken und dicken Stiefel und verlassen gleich darauf das Haus. Es schneit und der frisch gefallene Schnee knirscht unter unseren Sohlen. Im Stall ist es warm, und wir treten zu Grandpa, der auf einem Hocker gleich neben der Tür sitzt.

„Und, gibt es bereits Neuigkeiten?“, frage ich leise.

„Die Wehen haben eingesetzt und gerade eben ist die Fruchtblase geplatzt. Wenn alles gut läuft, werden wir in spätestens einer halben Stunde ein Christkind haben“, sagt Grandpa lächelnd. Ich spüre, wie mein Herz aufgeregt klopft, und fasse ohne nachzudenken nach Julians Hand. Er lächelt mir zu, und ich merke, wie glücklich ich bin, dass er hier ist.

„Wollt ihr euch zu mir setzen?“, fragt Grandpa und wir nicken. Wir setzen uns nebeneinander auf die kleine Bank schräg gegenüber von Grandpa und schweigen. Es ist ein gutes Schweigen. Von weiter hinten hört man Cindy, die gerade ihr Fohlen bekommt. Die anderen Pferde scheint das nicht groß zu stören, es herrscht Ruhe im Stall. Auch mein Großvater strahlt seine übliche Gelassenheit aus. Ich weiß nicht, wie viele Fohlengeburten er im Laufe seines Lebens schon erlebt hat, und ihn bringt nichts so schnell aus der Ruhe.

„Müsst ihr nicht den Tierarzt rufen?“, fragt Julian leise. Ich schüttele den Kopf.

„Nein. Wenn keine Komplikationen auftreten, dann

nicht. Er wird gleich morgen früh kommen und die Nachgeburt kontrollieren, ob alles abgegangen ist. Und sich natürlich Mutter und Kind ansehen."

„Oh, okay. Es wird sicher keine Komplikationen geben, oder?"

Er klingt etwas nervös, und ich merke, wie Grandpa leicht lächelt.

„Es sind keine zu erwarten. Man kann es nie ausschließen, aber ich denke, das Mädchen wird das super hinkriegen", sagt er und Julian nickt erleichtert. Ich betrachte ihn und fühle eine tiefe Rührung in mir. Wie süß, dass er so aufgeregt ist. Ich umfasse seine Hand, und dieses Mal bin ich es, die seine Finger beruhigend drückt. Wir schweigen wieder, bis Grandpa sich erhebt und den Gang entlanggeht.

„Es kommt", sagt er und winkt uns zu sich. Wir treten leise neben ihn und beobachten aus einigen Metern Entfernung, wie Cindy ihr Christkind zur Welt bringt. Zuerst werden zwei Hufe sichtbar, dann erscheinen Nase, Kopf, Hals und Schultern. Und dann ist es da … das Christkind. Es flutscht auf der Seite heraus und ist bedeckt von den Eihüllen. Cindy erweist sich sofort als fürsorgliche Mutter und beißt und leckt die Hüllen beiseite. Wir stehen ganz still und beobachten, wie Mutter und Kind sich zum ersten Mal beschnuppern und kennenlernen. Als Cindy sich aufrappelt, dauert es nicht lange, und ihr Fohlen tut es ihr gleich. Auf wackeligen Beinen steht das Kleine neben seiner Mutter, und ich merke, wie mir die Tränen kommen. Wie schön das ist. Ich blinzele und schaue zu Julian hoch, der ebenfalls ziemlich überwältigt aussieht. Jetzt blickt er zu mir und lächelt. Dann hebt er die Hand und wischt mir sachte eine Träne von der Wange.

„Das ist … wow.“

Offenbar fehlen ihm die Worte, und ich glaube, das kommt selten vor.

„Ja, das ist es.“

Wir treten vorsichtig etwas näher, um die beiden nicht zu erschrecken, und sehen, wie das Fohlen die ersten zaghaften Trinkversuche unternimmt. Es tastet mit der Nase am Bauch seiner Mutter herum und findet schließlich die Zitzen. Ganz langsam beginnt es zu saugen und zu schmatzen und wir betrachten es glücklich.

„Es ist eine kleine Stute. Ist sie nicht wunderschön?“, sagt Grandpa und mir kommt eine Idee.

„Sie ist etwas ganz Besonderes, unser Weihnachtsfohlen. Wollen wir ihr auch einen besonders schönen Namen geben? Diamondheart? Was haltet ihr davon?“, sage ich leise. Julian sieht mich an, ich sehe, wie es in seinen Augen aufblitzt, dann senkt er mit einem Lächeln den Kopf und ich drücke sanft seine Hand.

„Das ist ein wirklich schöner Name, das machen wir“, sagt Grandpa, während Julian nur nickt. Er sieht mich an und der Ausdruck in seinen Augen lässt mein Herz heftig klopfen vor Freude. Vor Glück. Vor Sehnsucht. Ich habe keine Ahnung, aber es ist ein wunderschönes Gefühl.

Nachdem wir noch eine Weile zugeschaut haben, beschließen Julian und ich, den beiden ihre Ruhe zu gönnen, und ziehen uns zurück. Grandpa bleibt noch im Stall, da er die Nachgeburt überwachen und die Plazenta auffangen muss, damit der Tierarzt sie überprüfen kann. Draußen schlägt uns kalte, klare Winterluft entgegen und unser Atem gefriert zu kleinen weißen Wolken. Julian bleibt stehen und zieht mich an der Hand zu sich herum. Ich kann ihn im Halbdunkel nur undeutlich erkennen, dennoch weiß ich genau, wie er mich ansieht.

„Danke", sagt er leise, dann nimmt er mein Gesicht in beide Hände, beugt sich zu mir und küsst mich zuerst auf die Stirn und dann auf beide Mundwinkel. Ganz zart und sachte, doch es genügt, um ein Feuerwerk in meinem Herzen zu entfachen.

„Nicht dafür", flüstere ich und er nickt. Wir bleiben noch einen Moment stehen, und ich lehne leicht meinen Kopf an seine Schulter, dann wenden wir uns um und gehen hinein. Im Haus erzählen wir meinen Eltern und Granny, dass Cindy Mama geworden ist, und stoßen darauf mit einem Glas Wein an. Danach verschwindet Dad im Stall, und Julian und ich sagen Gute Nacht und gehen nach oben. In meinem Zimmer brennt die Weihnachtsbeleuchtung und es riecht ganz leicht nach Julians Eau de Toilette. Vor den Fenstern fällt der Schnee, und es ist der schönste Weihnachtsabend, den ich je erlebt habe.

„Kennst du das Mädchen, mit dem Luke die ganze Zeit

schreibt? Irgendwie scheint sein Liebeskummer sich in Luft aufgelöst zu haben."

Julian lässt sich in den Sessel am Fenster fallen und sieht mich fragend an.

„Nein, keine Ahnung, wer das ist. Aber weißt du, es ist auch egal, es geht ihm besser, und das ist doch für den Moment die Hauptsache. Vielleicht sollten wir aufhören, immer so weit in die Zukunft zu denken und alle mehr im Jetzt leben."

Er nickt langsam.

„Da hast du recht. Vielleicht sollten wir das."

Sein Blick ist unergründlich und ich schlucke.

„Ich gehe mal eben ins Bad. Bin gleich wieder da."

Kapitel 15

Julian

WÄHREND VALERIE IM BAD VERSCHWINDET, BLEIBE ich im Sessel sitzen, und der vergangene Abend läuft vor meinem inneren Auge ab. Es war schön. Ich hätte es nicht für möglich gehalten, aber es war schlicht und einfach schön. Ich fühle mich unfassbar wohl mit diesen Menschen, und das ist etwas, was ich überhaupt nicht mehr kenne. Eine Familie. Dieser Zusammenhalt. Ja, man geht sich ab und zu auf die Nerven. Man streitet oder diskutiert. Aber wenn es eng wird, halten alle zusammen und sind füreinander da. So war es auch bei uns daheim. Früher, als meine Eltern noch lebten. Leise Wehmut steigt in mir auf und ich schlucke. Mein Blick fällt aus dem Fenster. Es schneit noch immer. Aus dem Stall fällt leichter Lichtschein, vermutlich sind Henderson und Phil noch immer dort. Die beiden leben und atmen für ihre Ranch. Henderson hat mir erzählt, dass er das Anwesen von seinem Vater übernommen hat und nie, nicht ein einziges Mal in all den Jahren etwas anderes machen wollte, als diese Ranch zu führen. Hier zu leben. Ich muss zugeben, ein wenig beneide ich den alten Mann darum, immer gewusst zu haben, wo sein Platz im Leben ist. Vielleicht gelingt mir das auch eines Tages. Ich beuge mich vor und greife nach dem Handy auf dem Tisch, rufe die Nummer meiner Schwester auf. Als ihre Stimme ertönt, fühlt es sich eigenartig an. Ich bin froh, dass es Maddison in meinem Leben gibt, dass sie glücklich und gesund ist. Aber gerade wird mir auch bewusst, wie einsam ich im Grunde bin. Maddy ist meine einzige Verwandte, außer meiner Tante, bei der wir nach dem Tod unserer Eltern gelebt haben. Sie ist die ältere Schwester meines Vaters und wir hatten bis zum Tod meiner Eltern kaum Kontakt zu ihr. Sie hat uns aus reinem Pflichtgefühl bei sich aufgenommen, und ich glaube, sie war froh, als wir endlich ausgezogen und unserer Wege gegangen sind. So kann das eben auch sein mit der Familie.

Nachdem ich eine Weile mit Maddison gequatscht habe und sie glücklich ist, dass es mir gut geht, lege ich auf und erhebe mich aus dem Sessel. Valerie ist immer noch nicht aufgetaucht, und ich frage mich, was sie so lange im Bad treibt. Das wird mir ein ewiges Rätsel an den Frauen sein. Ich trete an das Regal, auf dem Valerie jede Menge Bücher und Krimskrams stehen hat. Warum sie wohl die Sachen noch nicht in ihre neue Wohnung gebracht hat? So ein kleines bisschen hege ich den Verdacht, dass ihr der Auszug hier gar nicht so leicht gefallen ist. Ich betrachte die Bücher, nehme einige in die Hand und stelle sie wieder zurück. Dann stutze ich und greife zögernd nach einem offensichtlich ziemlich alten, abgegriffenen Buch. Es ist „Der kleine Prinz“ von Antoine de Saint-Exupéry. Es war mein Lieblingsbuch als Kind. Ich betrachte den Einband und merke, wie mein Herz schneller zu schlagen beginnt. Wie ich diese Geschichte geliebt habe. Meine Mutter hat mir schon früh daraus vorgelesen, und später habe ich immer und immer wieder darin geblättert und einzelne Passagen gelesen. Bis zum Tod meiner Eltern, danach habe ich es nie mehr angefasst. Und jetzt steht es hier in Valeries Regal und lässt all die schmerzlichen Erinnerungen, die ich so sorgsam tief in mir verschließe, hervorbrechen. Den Duft meiner Mutter. Den Klang ihrer Stimme. Das laute Lachen meines Vaters. Seine blitzenden Augen. Die Bilder unseres gemeinsamen Weihnachtsfestes. Ich schmecke den Geschmack des Kirschdesserts mit Sahne und Zimt auf der Zunge, das es immer am Heiligen Abend gab.

Ohne es eigentlich zu wollen, setze ich mich wieder in den Sessel und beginne, in dem Buch zu blättern. Ich weiß genau, wo was steht, kenne es in- und auswendig. Ich lese einige Passagen, blättere vor und zurück, und die Erinnerung überflutet mich mit einer Wucht, die ich nie für möglich gehalten hätte. Ich merke, wie mir die Tränen kommen, und ich kann einfach nichts dagegen machen. Was ein Scheiß. Vielleicht war es nicht meine beste Idee, alles so rigoros zu verdrängen, denn es war ja klar, dass es mich irgendwann einholen würde. Aber doch nicht jetzt. Und hier. Wo mir gerade wieder schonungslos klar wird, wie weh es tut, jemanden zu verlieren, den man liebt. Das wollte ich nie mehr mitmachen müssen. Und jetzt bin ich drauf und dran, mich mit allem, was ich habe in Valerie zu verlieben. Ich höre, wie jemand über den Flur kommt, gleich darauf öffnet sich die Tür, und Valerie erscheint im Zimmer. Hastig wische ich mir über die Augen und beiße die Zähne zusammen. Das fehlt ja noch, dass sie mich heulen sieht. Ich stehe auf und schiebe das Buch an seinen Platz im Regal zurück, dann trete ich ans Fenster und starre hinaus. Es schneit noch immer. Valerie schließt die Tür, und ich atme so flach wie möglich, um den beschissenen Tränenkloß in meinem Hals loszuwerden.

„Ist alles okay?", fragt sie leise und ich nicke stumm. Traue mich nicht, ihr zu antworten, weil ich das Gefühl habe, mir selbst nicht trauen zu können. Sie kommt näher und bleibt am Regal stehen.

„Ich mag dieses Buch auch sehr."

Sie hat natürlich etwas mitbekommen, war ja klar. Erneut nicke ich und starre schweigend in das Schneetreiben hinaus. Ich merke, wie sie zögert, doch dann tritt sie hinter mich und fasst sachte nach meiner Hand, während sie ihren Kopf gegen meinen Rücken lehnt. Ihre Nähe macht alles noch schlimmer. Und besser. Alles gleichzeitig. Ach, verdammt. Ohne nachzudenken, ziehe ich ihren Arm um meine Taille herum, sodass unsere Hände verschränkt auf meinem Bauch liegen. Ich brauche sie irgendwie ganz nah bei mir. Und doch würde ich am liebsten gerade einfach abhauen.

„Willst du mir nicht sagen, was mit dir los ist? Irgendwas stimmt doch nicht“, sagt sie leise. Ich schüttele den Kopf.

„Es ist nichts“, murmele ich und umfasse ihre Hand ein wenig fester. Der Schneefall vor dem Fenster scheint sich zu verdichten.

„Weißt du, jemanden zu lieben ist einfach der allergrößte Scheiß. Es bringt nichts als Kummer und Schmerz, absolut nichts.“

Es bricht einfach aus mir heraus. Ich höre den verzweifelten Unterton in meiner Stimme und könnte kotzen, dass ich es nicht schaffe, die Fassade aufrechtzuerhalten. Aber ich kann das nicht. Nicht vor ihr. Valerie schweigt einen Moment, ich fühle, wie sie mit ihrer Hand leicht über meinen Rücken streichelt.

„Das ist nicht wahr“, sagt sie leise und ich zucke frustriert mit den Schultern.

„Das ist nicht wahr, Julian. Liebe ist das größte Geschenk überhaupt. Jemanden zu finden, der nicht perfekt sein muss, der aber zu einem gehört. Der das Leben für einen besser und schöner macht und für den man das Gleiche tun möchte. Mit dem man durch gute und schlechte Zeiten gehen kann. Der zu einem hält, wenn die ganze Welt gegen einen ist.“

Sie schweigt kurz, fügt dann leise hinzu: „Es gibt doch diesen Spruch. ‚Für die Welt bist du irgendjemand, aber für irgendjemanden bist du die Welt.‘ Ich muss sagen, ich finde diese Vorstellung schön, doch, das finde ich.“

Ich senke den Kopf, betrachte ihre Hand unter meiner. Ihr Daumen streicht leicht über meinen Bauch. Langsam drehe ich mich um und sehe sie an. Ihre blauen Augen schimmern im Kerzenschein und sie sieht ernst und fast ein bisschen unsicher aus.

„Glaubst du das wirklich, Valerie? Trotz deiner Angst, erneut verletzt zu werden?"

Sie überlegt kurz, dann nickt sie.

„Ja, das glaube ich. Trotz meiner Angst."

Ich lasse den Kopf sinken, ein leises Geräusch entweicht meiner Kehle, von dem ich mir nicht sicher bin, ist es ein Lachen oder ein Schluchzen. Ich sehe Valerie an und dann küsse ich sie. Ich lege beide Hände um ihr Gesicht, und unsere Lippen finden sich zu einem erst ganz zarten, dann jedoch immer stürmischer werdenden Kuss. Ihre Arme liegen um meine Hüften, und ich spüre, wie ihre Finger sich in meinem Pullover verkrampfen. Sie presst sich ganz eng an mich, und ich weiß, es gibt nichts … absolut nichts, was ich diesen Gefühlen für sie entgegensetzen kann. Ich weiß nicht, wie das passieren konnte, aber es ist passiert. Ich habe mich in Valerie verliebt. Innerhalb von drei Tagen hat sie es geschafft, die Schale zu knacken. Wie ein Nussknacker eine Walnuss. Einfach so, bämm. Und jetzt liegt mein Innerstes schutzlos vor ihr. Ich bin mir nicht sicher, wie ich das finden soll, aber ich kann es nicht ändern. Und gerade will ich das auch nicht. Meine Hände fahren in ihre Haare, meine Finger vergraben sich fast hilflos in der seidigen Flut. Valeries Nähe zieht mir den Boden unter den Füßen weg, noch nie habe ich mich so gefühlt. Ich schlinge meine Arme um sie, presse sie an mich, will einfach alles von ihr spüren. Ihr alles von mir geben. Irgendwie schaffen wir es, in Richtung Bett zu stolpern, und lassen uns eng umschlungen darauffallen. Ich löse mich ein wenig von ihr und sehe sie an. Ihre Wangen sind gerötet, ihre Augen strahlen glücklich. Mein Herz hämmert so sehr in meiner Brust wie noch niemals zuvor. Zumindest nicht, wenn ich einer Frau so nah war. Ich küsse sie sachte auf die rosigen Lippen und murmele: „Was machst du mit mir? Verdammt, Val, das war nicht Teil des Deals."

Sie lächelt leicht und erwidert meinen Kuss mit einer so süßen Zärtlichkeit, dass mir ganz schummrig wird. Und zum ersten Mal wird mir klar, wie beschissen angreifbar man wird, wenn man jemanden liebt. Mit einem leisen Stöhnen verberge ich mein Gesicht an ihrem Hals und atme tief ihren Duft ein. Valerie. Sie zittert leicht unter mir und flüstert mir ins Ohr: „Lass mich nicht los, Julian, ja? Bitte nicht loslassen."

Meine Lippen streichen sanft über ihre zarte Haut. Dann hebe ich den Kopf und sehe ihr in die Augen.

„Nein", sage ich schlicht und sie lächelt.

Irgendwann … viel, viel später liegen wir eng umschlungen im Bett und ich betrachte versonnen ihr zartes Gesicht. Sie ist so unfassbar hübsch. Und das Beste ist, sie ist innen und außen schön. Noch nie habe ich ein Mädchen mit solch einer Wärme kennengelernt. Ich beuge mich über sie und küsse sie zärtlich auf die Nasenspitze. Sie öffnet die Augen, schlingt beide Arme um meinen Hals, und wir sehen uns einen Moment an, bevor wir uns noch einmal lange und leidenschaftlich küssen.

„Ich hab was für dich“, murmele ich an ihrem Mund und sie reißt erstaunt die Augen auf.

„Für mich? Wie das, ich meine …“

Ich küsse leicht ihren Mundwinkel.

„Tja, ich bin eben immer für eine Überraschung gut.“

„Oh ja, das bist du. Aber … du warst nicht weg in den letzten Tagen, wo willst du also ein Geschenk gekauft haben?“

Sie sieht verdutzt aus und ich muss grinsen.

„Wer sagt denn was von kaufen?“

Sie kneift ein wenig die Augen zusammen.

„Ach, du meinst, du bist mein Geschenk? Das hier? Noch mal?“

Sie klimpert mit den Augenlidern und ich tue so, als müsste ich nachdenken.

„Na ja, das klingt verlockend, ich behalte das mal im Hinterkopf, aber nope … das meine ich nicht.“

Sie boxt mich leicht in die Seite.

„Jetzt sag schon, du kannst nicht was andeuten und dann nicht mit der Sprache herausrücken.“

Sie schiebt schmollend die Unterlippe vor und ich lache leise.

„Miss Ungeduldig. Aber okay, es ist Weihnachten, da will ich dich mal nicht länger auf die Folter spannen.“

Ich schwinge die Beine aus dem Bett und gehe zu den Motorradtaschen, die in der Ecke des Zimmers stehen. Ich öffne eine davon und ziehe vorsichtig ein Blatt Papier heraus. Es ist zum Glück nicht zerknittert, aber ich wusste nicht, wo ich es sonst hätte verstecken sollen. Ich gehe zum Bett zurück, setze mich und halte Valerie das Papier hin. Sie nimmt es und betrachtet es lange. Schließlich hebt sie den Kopf und in ihren Augen schimmern Tränen.

„Oh, mein Gott, Julian. Das ist … Es ist wunderschön. Hast du das gezeichnet? Wann denn? Danke. Danke schön."

Ich rutsche neben sie und senke den Blick auf die Bleistiftzeichnung. Es ist das Porträt eines Mädchens. Valerie. Und ja, ich muss zugeben, es ist gut geworden.

„Ja, hab ich gemacht. Na ja, ich hatte nicht viel Zeit, das meiste habe ich nachts gezeichnet, wenn du geschlafen hast. War auch nicht sonderlich bequem auf dem Fußboden, da war das okay."

Valerie streicht mit dem Finger die Konturen des Gesichtes entlang.

„Sie sieht so echt aus. Du … du hast wirklich großes Talent. Und …" Sie zögert, sucht nach Worten. … „Du hast alle Details von mir eingefangen, als würdest du mich schon ewig kennen und mich ganz gernhaben."

Ihre Wangen sind leicht gerötet. Ich beuge mich zu ihr, küsse sie auf den Mund.

„Ich kenne ja jetzt so einige Details von dir. Und könnte sein, dass ich dich ganz gernhabe."

Meine Stimme klingt rauer als sonst und unsere Blicke

versinken ineinander. Ich nehme ihr die Zeichnung aus der Hand und lege sie auf das Nachtkästchen.

„Ich hab nichts für dich", flüstert sie und ich küsse sie wieder.

„Doch, hast du. Du machst mir gerade das größte Geschenk überhaupt. Hast du doch vorhin selbst gesagt."

Ein zärtliches Lächeln gleitet über ihr Gesicht, sie streicht mit beiden Händen durch meine Haare, dann flüstert sie: „Ja, hab ich gesagt."

Sie zieht mich zu sich, und wir lassen uns fallen in das, was für uns noch so neu, mehr als unerwartet und doch so unglaublich schön ist.

Kapitel 16

Valerie

BESCHWINGT LAUFE ICH DIE TREPPE HINUNTER UND würde am liebsten singen und tanzen vor Glück. Ein bescheuertes, glücksseliges Lächeln klebt auf meinem Gesicht und ich könnte die ganze Welt umarmen. Julian … alles in mir singt und jubiliert diesen Namen. Nie hätte ich geglaubt, dass es mit einem Mann so sein könnte. Die letzte Nacht war so unglaublich … so wunderschön, innig, leidenschaftlich und zärtlich, dass ich keine Worte dafür finde. Und das nach dieser kurzen Zeit, in der wir uns kennen. Normalerweise hätte ich mich vielleicht schämen müssen, so schnell mit ihm im Bett gelandet zu sein, aber da ist keine Scham und kein Bedauern. Stattdessen bin ich einfach nur glücklich und es fühlt sich so richtig an. Richtig mit Julian. Ist er mein Mr. Right? Ich hoffe es so sehr. Dass er das Ganze vielleicht anders sehen könnte, daran will ich keinen Gedanken verschwenden. Das kann ich nicht, es würde viel zu wehtun.

„Guten Morgen."

Glücksstrahlend fege ich in die Küche, wo meine Mutter bereits den Tisch fürs Weihnachtsfrühstück deckt.

„Guten Morgen, Schatz. Na, gut geschlafen?"

„Mhm."

Ich stibitze ein Stück Käse und drücke meiner Mom einen Kuss auf die Wange. Sie betrachtet mich lächelnd.

„Dir scheint's gut zu gehen heute Morgen."

„Oh ja, das tut es."

Ich seufze genießerisch und Mom sagt scherzhaft: „Aha. Bitte keine Details."

Erin kommt hereingewirbelt und ruft: „Valerie, Grandma, war Santa hier? Hat er die Kekse gegessen?"

Ihre Augen funkeln aufgeregt und ich nicke.

„Ja, hat er. Schau selbst."

Ich zeige auf den leeren Teller und das leere Glas, die meine Mutter auf die Spüle geräumt hat.

„Oh, er hat alle Kekse gegessen und die ganze Milch getrunken", flüstert Erin ehrfürchtig.

„Ja. Und er hat bestimmt alle Geschenke unter den Baum gelegt", sagt Mom und Erin hüpft ungeduldig auf und ab.

„Wann dürfen wir nachsehen?"

„Nach dem Frühstück, das weißt du doch, Erin", antwortet Mom und die Kleine zieht eine Schnute.

Nach und nach tauchen alle Familienmitglieder auf und versammeln sich um den Frühstückstisch. Auch Julian erscheint und bei seinem Anblick beginnt mein Herz heftig zu klopfen. Seine Haare sind noch leicht feucht, und als er auf mich zukommt und mich küsst, werden meine Knie weich wie Gummi.

„Na, Schneewittchen? Hungrig?"

Seine Stimme perlt wie weiche Schaumbläschen über meine Haut und um ein Haar hätte ich wohlig aufgeseufzt.

„Mhm, ja. Kein Wunder, oder? Du nicht?"

Seine schönen Augen blitzen amüsiert.

„Du meinst, ob du mich so fertiggemacht hast, dass ich jetzt dringend eine Stärkung brauche? Hm …"

Er grinst frech und küsst mich wieder, murmelt dabei an meinen Lippen: „Keine Sorge, Babe, ich kann noch. Von mir aus können wir direkt wieder nach oben gehen. Ich weiß auch genau, was ich machen muss, damit du dieses Essen hier ganz schnell vergisst."

Ich kichere nervös. Er weiß offenbar ziemlich gut, wie sehr er mich an der Angel hat, und natürlich nutzt er das überhaupt nicht aus.

„Nehmt euch doch ein Zimmer", brummt Luke, der an uns vorbeischlurft. Dabei sieht er aber nicht genervt aus, wie die ganze Zeit, sondern ziemlich amüsiert.

„Das versuche ich ja gerade deiner Schwester schmackhaft zu machen", sagt Julian grinsend.

„Alter", sagt Luke und hält sich die Ohren zu. Julian und ich grinsen uns an, dann ruft Mom: „So, alle setzen, damit wir danach schauen können, was Santa heute Nacht gebracht hat.“

Endlich sitzen alle und das übliche Chaos bricht aus. Der Kinder wegen beeilen wir uns, und kaum hat der letzte sein Messer auf den Teller gelegt und seine Tasse geleert, steht Erin schon in den Startlöchern. Meine Mutter verschwindet im Wohnzimmer und gleich darauf bimmelt das Glöckchen, und die Tür öffnet sich langsam. Der Baum strahlt im Lichterglanz und darunter liegen viele bunt eingepackte Päckchen. Die Bescherung dauert eine ganze Weile, während ich mich wirklich beherrschen muss, nicht andauernd an Julian herumzufummeln oder ihn zu küssen. Endlich haben alle ihre Päckchen ausgepackt und sind glücklich und zufrieden. Doch leider steht nun schon die Vorbereitung für das Mittagessen an. Es ist wirklich zum Verrücktwerden in diesem Haus. Während ich notgedrungen mit Mom, Granny und Lindsay in die Küche gehe, beschäftigen die Männer sich mit den Kids, spielen mit ihnen und gehen eine Runde nach draußen zum Schlittenfahren.

Es ist schon weit nach Mittag, als wir das Essen auftischen, und im ganzen Haus duftet es köstlich nach Braten und Rotkohl. Wir essen, reden und sitzen gerade beim Dessert, als es an der Haustür klingelt. Großvater erhebt sich.

„Das ist bestimmt Albert.“

Der Tierarzt will heute noch vorbeikommen, um nach Cindy und ihrem Fohlen zu sehen. Ich höre, wie Grandpa öffnet und mit jemandem redet. Gleich darauf erscheint er in der Tür zum Wohnzimmer und sieht etwas verwirrt aus.

„Valerie? Hier ist jemand für dich. Er sagt, er heißt Jeff und möchte zu dir."

Hinter meinem Großvater taucht ein großer, blonder junger Mann auf und mir fällt vor Schreck fast der Löffel aus der Hand. Jeff …

Ich merke, wie mir das Blut aus dem Gesicht weicht, sehe, wie alle in dem innehalten, was sie tun, und interessiert zu dem Neuankömmling hinschauen.

„Frohe Weihnachten. Mein Name ist Jeff Baker. Bitte entschuldigen Sie, dass ich hier so hereinplatze und Ihr Weihnachtsessen störe, aber ich müsste dringend mit Valerie reden", sagt mein Ex mit einem zerknirschten Lächeln, und ich merke, wie alle Blicke sich erstaunt auf mich und Julian richten. Der übrigens ziemlich gelassen neben mir sitzt. Verdammt, wie kann er so cool bleiben?

„Jeff Baker? Aber …"

Meine Mutter sieht irritiert aus, ebenso die anderen am Tisch.

„Sieh an, noch ein Jeff. Und der ist sogar blond", sagt Lindsay sarkastisch und durchbohrt mich mit Blicken. Ich werde rot und stehe so hastig auf, dass mein Stuhl wackelt. Mit steifen Beinen stakse ich um den Tisch herum, auf Jeff zu.

„Was willst du hier?", zische ich und packe ihn am Ärmel, zerre ihn mit mir in den Flur.

„Ich wollte mich bei dir entschuldigen. Dass ich dich Hals über Kopf verlassen habe, um zu meiner Ex zurückzugehen, war nicht okay. Und das auch noch per SMS zu tun war wirklich mies. Es tut mir leid, Valerie. Können wir noch mal über alles reden? Bitte?"

Mir ist übel, denn im Wohnzimmer ist es so still, dass man eine Stecknadel fallen hören könnte. Jeffs Worte sind überdeutlich zu hören, und mir ist klar, was das bedeutet. Alle wissen, dass ich gelogen habe. Dass Julian nicht Jeff und somit nicht mein Freund ist. Dass ich meine eigene Familie hintergangen und ihnen nicht vertraut habe. Ich merke, wie mir die Tränen kommen, was Jeff prompt falsch interpretiert, denn er sagt hastig: „Nicht weinen, bitte. Wie gesagt, ich war ein Idiot. Ich liebe dich, das hab ich jetzt kapiert. Lass uns das Ganze doch vergessen und noch mal von vorne anfangen, ja?"

Verdammt, kann er nicht endlich die Klappe halten?

„Deshalb bist du gekommen? Das hättest du dir sparen können."

Mir ist elend, das Glück, das ich eben noch empfunden habe, ist wie weggeblasen. Nicht nur, dass ich gerade auf denkbar schlechteste Art vor meiner Familie aufgeflogen bin … jetzt, wo die Karten offen auf dem Tisch liegen, gibt es für Julian keinen Grund mehr, hierzubleiben. Keinen Grund mehr, so zu tun, als würde er etwas für mich empfinden. Die Gegenüberstellung mit Jeff zerreißt plötzlich den Schleier aus Glauben, ein Mann wie Julian könnte etwas für mich empfinden. Mich vielleicht sogar lieben. Jeff konnte es nicht, egal, was er jetzt behauptet, warum sollte Julian es können?

„Aber Val … hör mir doch zu. Es war ein Fehler, ja, aber machen wir nicht alle mal Fehler?"

Ich starre ihn an. Er ist noch genauso attraktiv wie vor einigen Tagen. Ein gut aussehender Mann, ohne Zweifel. Doch er berührt mich in absolut keiner Weise, und ich kann nicht mehr verstehen, dass ich mich seinetwegen zu der Dummheit hinreißen ließ, die Menschen zu belügen, die mir wichtig sind. Die mich wirklich lieben. Und ja, wir machen alle mal Fehler, das ist wohl wahr. In meinem Kopf dreht sich alles und ich sage langsam: „Doch, das machen wir. Meiner war, dir zu vertrauen."

Ich starre ihn an, merke, wie ich zittere.

„Warum bist du gekommen? Wollte deine Ex dich nicht mehr? Warum musst du noch mal alles kaputtmachen?"

Das ist natürlich nicht ganz fair, denn meine Schwindelei geht nicht auf sein Konto, doch das ist mir gerade egal. Ich spüre, wie jemand neben mich tritt. Julian. Er berührt mich nicht, legt nicht besitzergreifend den Arm um mich, sondern steht ganz still da, hat die Hände in den Taschen seiner Jeans vergraben. Dennoch ist es ziemlich demonstrativ, wie er dicht neben mir steht, und ich bin ihm dankbar. Und gleichzeitig schäme ich mich so sehr. Vor ihm. Vor meiner Familie. Sogar vor Jeff. Der wendet nun den Blick zu Julian.

„Entschuldigung? Könnte ich bitte allein mit meiner Freundin reden?"

Mir entweicht ein empörtes Schnauben, während Julians Miene eisig wird.

„Du kannst reden, mit wem du willst, aber ich sehe hier keine Freundin von dir. Vielleicht solltest du gehen, ganz offensichtlich will Valerie dich nicht sehen."

Julian klingt ruhig, was ich von mir nicht behaupten kann. Jetzt ertönt die Stimme meiner Mutter hinter uns. Ich drehe mich um und sehe meine komplette Familie zusammengequetscht an der Wohnzimmertür stehen. Natürlich, wer wollte denn auch diskret sein?

„Wenn Sie Jeff sind …" Sie schaut nun Julian an. … „Wer bist dann du?"

Auch Julian dreht sich nun um. Meine Familie sieht verwirrt aus, aber nicht sauer, wie ich erleichtert feststelle. Trotzdem … am liebsten würde ich im Erdboden versinken. Nur Granny sieht amüsiert aus. Sie lächelt wissend, und ich frage mich, was sie mitbekommen hat.

„Martha, das wirkt nun etwas verworren, aber es ist eigentlich ganz einfach. Ich bin Julian. Julian Carter. Valerie hat mich auf der Straße aufgelesen, als ich den Unfall mit dem Motorrad hatte. Wir erklären euch das gleich, in Ordnung?"

„Äh … ihr kanntet euch vorher gar nicht", krächzt Lindsay und Julian schüttelt bedauernd den Kopf. Grandpa nickt langsam und sagt: „Ach, Julian Carter. Sieh an. Wusste ich es doch, dass da was faul ist."

Er sieht mich scharf an, und meine Wangen werden heiß, als ich an mein Selbstgespräch im Stall denke. Mir wird das hier allmählich zu viel. Julian, von dem nun alle wissen, dass er nicht mein Freund ist. Klar, wie könnte dieser tolle Typ auch der Freund der kleinen, langweiligen Valerie sein? Nancy wird vor Schadenfreude durch die Decke gehen, wenn sie davon erfährt. Die Blicke meiner Familie, denen ich das alles doch ganz anders hätte erklären wollen. Nicht so. Und schon gar nicht vor Jeff. Der nun angepisst sagt: „Ach, Julian, ja? Da hast du mich wohl schon ersetzt, Valerie, was? Kein Wunder, dass ich ungelegen komme."

Ich schnappe nach Luft. Der hat es gerade nötig, mir Vorwürfe zu machen.

„Wollen wir uns nicht setzen und Kaffee trinken und Kuchen essen?", fragt Granny trocken und Mom zischt: „Millie! Ich glaube nicht, dass Valerie gerade Lust auf Kaffeeklatsch hat."

„Nein, sie hat bestimmt viel mehr Lust, hier wie auf dem Präsentierteller zu stehen und sich vor allen rechtfertigen zu müssen", sagt Grandma gelassen.

„Boah, lasst doch Val mal in Ruhe. Seht ihr nicht, dass es ihr grad scheiße geht?" Das ist Luke, der sich nun kopfschüttelnd abwendet. „Ich bin oben."

Damit sprintet er die Treppe hinauf und ich sehe ihm nach.

„Julian gefällt mir besser als Jeff", kräht Erin und ich schlucke. Ich weiß, sie meint den Namen, aber mir gefällt Julian auch besser. Und zwar nicht nur der Name. Mir gefällt alles an ihm, nein … ich habe mich verliebt, ganz und gar und so wie nie zuvor. Und jetzt wird er seinen Kram packen und abhauen. Garantiert. Was soll er denn noch hier? Sich von meiner Familie ins Verhör nehmen lassen? Weiterhin so tun, als würde ich ihm etwas bedeuten? Dass er ohne unsere Hilfe nicht mal von hier wegkommt, ist mir gerade ganz entfallen, denn seine Ninja ist immer noch nicht fahrtüchtig, außerdem käme er in dem hohen Schnee damit nicht weit. Ich sehe Jeff, der mich wütend anstarrt. Schaue zu Julian, der mich bedauernd ansieht. Bedauernd? Na, da haben wir es ja schon. Er überlegt, wie er es mir beibringen kann, dass er mich nur verarscht hat. Ich spüre, wie meine Kehle eng wird, und weiß, ich werde hier gleich Rotz und Wasser heulen. Aber nicht vor Jeff. Und ganz besonders nicht vor Julian. Ohne länger zu zögern, stürze ich an den beiden vorbei, reiße meine Jacke von der Garderobe und stürme nach draußen.

„Valerie, wo willst du denn hin? Du hast nicht mal warme Schuhe an“, ruft meine Mutter hinter mir her. Bevor ich richtig draußen bin, ist Julian schon neben mir und schnappt mich am Arm.

„Hey, langsam. Was wird das? Bleib hier, Val. Lass dich doch von ihm nicht so durcheinanderbringen. Wir klären das zusammen.“

Er wendet sich um und sagt: „Das war nicht Valeries Schuld, war meine Idee. Okay? Wenn ihr auf jemanden sauer sein wollt, dann auf mich.“

Wie edel. Noch eine letzte gute Tat, bevor er verschwindet?

„Lass mich“, fauche ich, zerre meinen Arm aus seinem Griff und stürme nach draußen. Der Schnee peitscht mir ins Gesicht und ein scharfer Wind schneidet in meine Haut. Es ist mir egal. Schluchzend stolpere ich über den Hof. Nur weg, ganz egal wohin.

Ich weiß nicht, wie lange und wohin ich laufe, sehe vor lauter Tränen fast nichts und zucke zusammen, als mich jemand am Arm packt und herumzerrt.

„Valerie! Schluss jetzt mit dem Blödsinn.“

Julians Augen funkeln mich zornig an.

„Bist du bescheuert, du holst dir den Tod. Und das nur, weil dieser kleine Scheißer hier aufgetaucht ist.“

Er zieht mich unsanft zu sich, und ich lasse es zähneklappernd geschehen, dass er mir den Schal um den Hals wickelt und mir eine Mütze auf den Kopf setzt.

„Du bist wirklich irre. Warum haust du einfach ab? Ich suche schon seit mindestens zehn Minuten nach dir. Hier sieht man ja die Hand vor Augen nicht“, fährt er mich an, und ich wehre seine Hand ab, mit der er mir die Tränen aus dem Gesicht wischen will.

„Warum, warum? Sei doch froh, wenn ich hier draußen erfriere, dann hast du keinen Ärger mehr am Hals“, brülle ich gegen den Wind und Julian zieht eine Augenbraue hoch.

„Hab ich was verpasst? Dir irgendwas getan? Klär mich auf, na los.“

Seine grünen Augen sind verärgert auf mich gerichtet.

„Tu nicht so. Darauf wartest du doch schon die ganze Zeit. Dass du endlich abhauen kannst. Jetzt ist es soweit. Jeffs Auftauchen beendet diese unsägliche Scharade und du kannst verschwinden. Was hält dich noch hier? Gar nichts."

Ich merke selbst, wie hysterisch ich klinge, und kann es doch nicht ändern. Der Gedanke, dass Julian mich verlässt … dass alles für ihn wirklich nur ein Spiel war, bricht mir das Herz. Selbst schuld, flüstert eine kleine, gemeine Stimme in meinem Kopf. Julian starrt mich ungläubig an.

„Ach, so denkst du über mich? Interessant."

Seine Augen sind dunkel geworden und er sieht jetzt wirklich angepisst aus.

„Kann es sein, dass du eine Ausrede brauchst, weil du keinen Bock mehr auf mich hast? Und daher einfach den Spieß umdrehst und behauptest, ich würde ja sowieso nur darauf warten, endlich verschwinden zu können?"

Ich schnappe nach Luft, wische mir die Tränen aus dem Gesicht.

„Blödsinn! Verdreh nicht die Tatsachen. Du wolltest mich von Anfang an ins Bett kriegen und das hast du ja auch geschafft. Glückwunsch! Was hält dich jetzt also noch hier?"

Ich will das gar nicht sagen, will ihm nicht wehtun, nicht das, was zwischen uns war, in den Schmutz ziehen. Durch den dichten Schneefall hindurch sehe ich, wie Julian blass wird.

„Das meinst du nicht ernst", stößt er zwischen den Zähnen hervor, dann packt er mich plötzlich an den Schultern und schüttelt mich.

„Das meinst du nicht ernst."

Ich starre ihn durch meinen Tränenschleier an, dann schüttele ich den Kopf.

„Nein", schluchze ich.

„Warum sagst du dann so einen Scheiß?"

Julian klingt immer noch wütend, doch dann zieht er mich an sich und schließt mich ganz fest in die Arme. Ich weine und er hält mich fest.

„Du hast Angst, hab ich recht? Angst vor deinen Gefühlen und davor, verletzt zu werden. Von mir."

Ich nicke schluchzend und drücke mein Gesicht in seine dicke Jacke.

„Ach, Kleines. Das geht mir doch genauso."

„Dir? Verarsch mich doch nicht, du kannst an jedem Finger zehn Frauen haben. Fahr zu Nancy, die lässt dich garantiert sofort in ihr Bett", schluchze ich und Julian schüttelt ungeduldig den Kopf.

„Und du denkst, das würde ich wollen? Val, hör jetzt auf, okay? Bitte."

Ich hebe den Kopf und schaue ihn an. Schneeflocken hängen an seinen langen Wimpern und er ist so verflucht hübsch.

„Was willst du von mir, Julian? Was? Sag es."

Seine grünen Augen schimmern wie dunkles Moos und ein kleines Lächeln gleitet über sein Gesicht.

„Was ich von dir will? Tja, das ist eine gute Frage. Vor drei Tagen hätte ich vermutlich wirklich gesagt, ich finde dich heiß und mal sehen, was da gehen könnte zwischen uns. Ja, da war ich noch ziemlich im Arschloch-Modus, das muss ich zugeben."

Ich lege den Kopf schief und schniefe leise.

„Und jetzt?", flüstere ich. Er zieht mich näher zu sich und legt sein Kinn auf meinen Kopf. Seine Arme halten mich ganz fest an seiner Brust, und ich fühle, wie mir leichter zumute wird.

„Jetzt bin ich nervös, weil ich Angst habe, etwas falsch zu machen. Weil ich keine Ahnung habe, wie man mit solchen Gefühlen umgeht, die du in mir wachrufst. Ich will dich jede Minute des Tages um mich haben, dich berühren, küssen und dich lächeln sehen. Ich will, dass es dir gut geht. Will dich beschützen und dafür sorgen, dass dir niemand wehtun kann. Ich will das neue Jahr mit dir begrüßen, sehen, wie im Frühling die ersten Blumen wachsen. Will mit dir im Sommer am See liegen und dir nach dem Schwimmen die Wassertropfen von der Haut küssen. Im Herbst mit dicken Socken im Bett liegen und wir lesen uns gegenseitig aus unseren Lieblingsbüchern vor. Ich will, dass du da bist, wenn ich meine Prüfungen schreibe und ich allein dadurch, dass ich weiß, du denkst an mich, ruhiger werde. Ich will, dass du zu mir kommst, wenn es dir nicht gut geht, und dass ich der Mensch bin, der dir nach einem beschissenen Tag ein Lächeln aufs Gesicht zaubern kann."

Er zögert und ich halte den Atem an.

„Ja, all das würde ich gern. Weil ich mich innerhalb dieser drei Tage rettungslos in dich verliebt habe, Valerie. Und fuck, sag mir jetzt nicht, dir geht es nicht genauso."

Er versucht, locker zu klingen, doch ich höre die Anspannung in seiner Stimme, während die Bedeutung seiner Worte in mein tränenumnebeltes Gehirn vordringt. Ich hebe den Kopf, packe ihn am Kragen seiner Jacke und stoße lachend und gleichzeitig schluchzend hervor: „Verarschst du mich auch nicht? Du … Wehe …“

Doch ein Blick in seine Augen genügt und mir kommen erneut die Tränen.

„Julian“, flüstere ich und das Glücksgefühl, das sich in meiner Brust ausbreitet, ist überwältigend.

„Ich sage nicht, dass es mir nicht genauso ginge, denn das wäre gelogen. Mir geht es genauso. Ich hab keine Ahnung, wie das passieren konnte, was du gemacht hast … aber ich hab mich auch in dich verliebt. So sehr, wie ich noch niemals in jemanden verliebt war.“

Mir rollen die Tränen über die eiskalten Wangen und diese hinterlassen brennende Spuren auf meiner Haut. Julian und ich sehen uns stumm an, dann beugt er sich zu mir, und in dem Moment, als seine Lippen meine berühren, habe ich das Gefühl, vor Glück zu platzen.

Ich weiß nicht, wie lange wir im dichten Schneetreiben stehen und uns küssen, erst als Julian an meinem Mund murmelt: „Du wirst dich erkälten mit diesen dünnen Schuhen. Lass uns zurückgehen“, nicke ich, und wir sehen uns noch einen Moment lang an, bevor wir uns eng umschlungen auf den Heimweg machen.

„Sind sie sehr sauer?“, frage ich unterwegs.

„Deine Familie? Nein, die fanden das eigentlich ziemlich

witzig. Nur deine Mom war etwas verschnupft, weil du ihr deinen Kummer nicht anvertrauen wolltest und stattdessen lieber geschwindelt hast. Lindsay dagegen ist ganz aus dem Häuschen und findet unsere Story wahnsinnig romantisch."

Ich verdrehe die Augen. Das kann ich mir vorstellen. Bevor wir das Haus erreichen, wird mir dann doch etwas mulmig zumute und ich bin ziemlich blass um die Nase, als wir eintreten. Wie zu erwarten kommen meine Mutter und meine Schwester direkt auf uns zugestürzt. Mom reißt mich in ihre Arme und ruft: „Valerie. Du … Also du bist mein dummes Mädchen, wirklich. Warum um alles in der Welt denkst du, du könntest uns nicht alles anvertrauen?"

„Das denke ich ja nicht, Mom. Es ist nur … es war mir so peinlich. Ich wollte mit meinem Freund kommen und dann hat er mich kurz zuvor abserviert. Ihr hättet alle ein Fass aufgemacht und mich bedauert und Lin hätte wieder einen ihrer Bekannten angeschleppt", stottere ich und merke selbst, wie dumm das mittlerweile in meinen Ohren klingt.

Lindsay öffnet den Mund, um etwas zu sagen, schließt ihn aber wieder und sieht betreten aus. Ich schäle mich aus Moms Umarmung und Julian hilft mir aus der Jacke. Ich ziehe die Mütze vom Kopf und den Schal ab und atme tief durch. Inzwischen stehen auch mein Vater und meine Großeltern in der Tür und ich sage: „Es tut mir leid. Ich möchte mich bei euch allen für dieses bescheuerte Theater entschuldigen. Bitte, verzeiht."

Julian tritt neben mich und legt mir den Arm um die

Schultern. Mein Großvater mustert uns, dann sagt er trocken: „Dachte, ich könne dir künftig den Steuerkram aufs Auge drücken, Junge, aber das wird ja nun nichts. Hast ja selber keine Ahnung. Ansonsten müssen wir bloß die Kugel für den Baum ändern lassen. Können wir jetzt Kaffee trinken?"

Damit verschwindet er im Wohnzimmer und mein Vater brummt: „Stimmt, die Kugel. Julian und Valerie. Wenn wir das mal früher gewusst hätten."

Damit folgt er Grandpa und Erin quietscht: „Ich mag Julian lieber."

Alle lachen und ich atme erleichtert auf. Als alle im Wohnzimmer verschwunden sind, schmiege ich mich in Julians Arme und sage leise: „Bitte entschuldige auch du wegen dem Unsinn, den ich vorhin gesagt habe. Du weißt schon. Ich hab nie so über dich gedacht … ich hatte nur schreckliche Angst, dich gleich wieder zu verlieren, nachdem ich dich gerade gefunden hatte."

Er nickt langsam und in seinen Augen blitzt es auf.

„Ja, also … mit so einer lahmen Entschuldigung ist das jetzt aber nicht getan. Da muss schon ein bisschen mehr kommen."

„Kommen, aha."

„Oh ja."

Er grinst unverschämt, während er mich zur Treppe schiebt. Wir schaffen es irgendwie nach oben in mein Zimmer und landen eng umschlungen auf dem Bett. Während wir uns küssen, fällt mein Blick zum Fenster. Es schneit noch immer. Es ist Weihnachten, und mein ganz persönlicher Weihnachtsengel, der mir auf einer Ninja vor die Füße gefallen ist, liebt mich. Genauso wie ich ihn. Es ist wohl wirklich so – Wunder geschehen zu Weihnachten.

21827460R00150

Printed in Poland
by Amazon Fulfillment
Poland Sp. z o.o., Wrocław